LES PRODIGALITÉS

D'UN FERMIER GÉNÉRAL

COMPLÉMENT AUX MÉMOIRES

DE MADAME

D'ÉPINAY

IL A ÉTÉ TIRÉ DE CE LIVRE,

PAR CLAUDE MOTTEROZ, RUE DU FOUR, A PARIS,

TROIS CENT DIX-SEPT EXEMPLAIRES,

SAVOIR :

Cinq exemplaires sur papier du Japon (n°s 1 à 5);

Douze exemplaires sur papier de Chine (n°s 6 à 17);

Trois cents exemplaires sur papier de Hollande.

Numéro

CE LIVRE CONTIENT

UN PORTRAIT DE MADAME D'ÉPINAY

GRAVÉ A L'EAU-FORTE PAR BOULARD FILS

D'APRÈS UN PASTEL DE LIOTARD

CONSERVÉ

AU MUSÉE DE GENÈVE

LES PRODIGALITÉS D'UN
FERMIER GÉNÉRAL

COMPLÉMENT AUX MÉMOIRES

DE MADAME

D'ÉPINAY

PAR

ÉMILE CAMPARDON

PARIS CHARAVAY FRÈRES ÉDITEURS

4, rue de Furstenberg

1882

AVANT-PROPOS

AVANT-PROPOS

Mᵐᵉ d'Épinay, dans un passage de son testament (1), s'exprime ainsi : « Je donne et lègue à Mʳ le baron de Grimm, ministre de la cour de Saxe-Gotha, tous mes manuscrits comme une marque de ma confiance et de l'estime distinguée que j'ai toujours eue pour lui. Je le prie, s'il les juge dignes de l'impression, de vouloir bien les rédiger lui-même. »

Ces manuscrits se composaient, paraît-il, de travaux imparfaits sur l'éducation et d'un volumineux recueil épistolaire portant le titre de *Lettres de Madame de Montbrillant*. Cet ouvrage n'était autre chose que l'histoire un peu arrangée de la propre vie de Mᵐᵉ d'Épinay écrite par elle même. Les personnages y portaient tous des noms supposés, M. et Mᵐᵉ de Montbrillant

(1) Archives nationales, Y, 77. Voyez plus loin ce document.

étaient M. et Mme d'Épinay; le comte et la comtesse de Lange, M. et Mme d'Houdetot; Volx, Grimm; René, Jean-Jacques Rousseau; Garnier, Diderot; Dulaurier, le marquis de Saint-Lambert; Desbarres, Duclos, etc. Grimm ne vit ou ne voulut voir dans cette sorte d'autobiographie que l'ébauche d'un long roman, suivant ses propres expressions, et ne la publia pas laissant également inédits les écrits pédagogiques de son amie.

En 1791 il quitta la France et remit le recueil de Mme d'Épinay entre les mains de M. Lecourt de Villière, son secrétaire, dont les héritiers le vendirent en 1817 à M. Brunet, libraire à Paris. Ce dernier, bibliographe distingué, n'eut pas de peine à deviner l'intérêt de cet ouvrage, espèce d'histoire de la société élégante du XVIII° siècle et aidé de M. Parison, amateur dont le nom n'est pas encore oublié aujourd'hui, il en fit, sous le titre de *Mémoires et correspondance de Madame d'Épinay*, la matière d'une publication en 3 volumes in-8° dont le succès fut considérable.

En 1864 un véritable érudit, M. Paul Boiteau, en a donné en deux volumes in-8° une nouvelle édition de beaucoup supérieure à la première et par le texte et par les éclaircissements qui l'accompagnent (1). Pour plus de clarté les deux éditeurs ont restitué, autant que cela leur a été possible, leurs vérita-

---

(1) Je m'en suis utilement servi pour le présent travail.

bles noms aux personnages mis en scène dans l'ouvrage.

Le manuscrit original de Mme d'Épinay forme, dit M. Boiteau (1), « neuf volumes in-4° d'environ 2,300 pages, non pas écrites de sa main mais constamment corrigées par elle et en plus d'un endroit refaites à plusieurs reprises également par elle. »

Il appartenait encore, à l'époque où M. Boiteau en a donné une édition nouvelle, à M. Brunet.

Les Archives nationales conservent, sous la cote M. 789, une autre copie des *Lettres de Madame de Montbrillant.* Cette copie, comprenant cent-quarante cahiers, est malheureusement incomplète. Elle a été également corrigée en divers endroits par Mme d'Épinay. Je ne saurais dire avec certitude comment ce manuscrit est entré aux Archives nationales, mais il est présumable que, comme le précédent, il a appartenu à Grimm. Celui-ci, lors de son émigration, aurait remis à M. Lecourt de Villière le recueil Brunet, qui est complet et aurait laissé le recueil incomplet au milieu de ses papiers personnels, séquestrés après son départ. L'importance des lettres de Mme de Montbrillant n'aurait pas échappé aux commissaires chargés d'examiner les papiers de Grimm et le manuscrit aurait été porté par eux, à titre de curiosité littéraire au comité d'instruction publique dont les archives ont été

---

(1) *Mémoires de Madame d'Épinay,* tome I, page v.

versées plus tard dans notre grand dépôt national, au palais Soubise.

Le texte du manuscrit des Archives finit, dans l'édition des *Mémoires* donnée par M. Boiteau, à la page 300 du tome II par ces mots : « à propos, j'ai fait partir deux cahiers de mon roman (1) que j'ai copiés pour que vous en donniez votre avis bien nettement. Si vous êtes content, je continuerai. »

A la suite de ces lignes, on lit encore pourtant dans le manuscrit qui nous occupe une lettre, restée inédite et sans grand intérêt, de Mme de Montbrillant à Volx, c'est-à-dire de Mme d'Épinay à Grimm où il est question des affaires embarrassées de M. d'Épinay.

Au reste, ni M. Brunet ni le nouvel éditeur n'ont cru devoir reproduire dans son entier le travail de Mme d'Épinay. Tous deux ont jugé nécessaire d'en retrancher de longs passages diffus ou inutiles et d'arrêter leur publication à l'année 1759 quoique le récit des événements ait été poussé définitivement par l'auteur jusqu'en 1769 ou 1770.

M. Boiteau donne pour raison de cette façon d'agir l'ennui qu'eut procuré au lecteur la fin des *Mémoires* et il ajoute (2) : « Ce qui eut assurément déplu à tout le monde, c'est la manière dont Mme d'Épinay, à bout d'aventures et fort essoufflée s'arrangeait pour faire une

---

(1) Ce sont précisément les *Lettres de Madame de Montbrillant* que M^e d'Épinay appelle son roman.

(2) *Mémoires de Madame d'Épinay*, II, 471.

fin à son roman. Par exemple, Grimm devenait aveugle et son amie le soignait en sœur de charité. »

Je dirai pourtant que ce dénouement était beaucoup moins romanesque qu'il n'en a l'air, car il faillit devenir une réalité. Diderot nous apprend en effet qu'en 1762 Grimm fut atteint d'une maladie des yeux assez grave et menacé de perdre la vue (1). De 1759, époque où se terminent les *Mémoires* publiés, à 1783, date du décès de Mᵐᵉ d'Épinay, on sait peu de choses sur sa vie et le peu qu'on en sait, c'est aux lettres de l'abbé Galiani et à la correspondance de Diderot avec Mˡˡᵉ Volland qu'on le doit.

Quelques documents récemment découverts par moi aux Archives nationales m'ont permis de combler, en partie du moins, cette lacune. Ces documents sont analysés ou reproduits plus loin. Grâce aux renseignements qu'ils contiennent, j'ai pu réunir quelques détails plus précis sur certains événements racontés trop inci-

(1) « Grimm perd les yeux sur les vôtres; gardez-vous de me dire du mal de l'homme de mon cœur. Le moment approche où je vais apprendre ce que valent nos protestations, nos serments, nos souhaits, l'estime que nous faisons de nous-mêmes; bref, si je sais être ami; si je ne me retrouvais pas moi, combien je me mépriserais! Si mon ami devient aveugle, je vous prends à témoin de ma conduite. Venez me connaître, venez connaître votre amant, car ce qu'il fera pour son ami, il l'eût fait pour sa maîtresse; et je ne crois pas qu'il eût fait pour sa maîtresse, ce qu'il n'aura point eu la force de faire pour son ami! Le grand moment pour moi, si je me trompe!.... » Et plus loin : « C'est d'une goutte-sereine que Grimm est menacé; et je vous préviens d'avance que son bâton et son chien sont tout prêts. » (Diderot : *Lettres à Mademoiselle Volland*, éd. Garnier, I, 280 et 297.)

demment dans les *Mémoires* et rassembler sur les dernières années de Mme d'Épinay, sur ses rapports avec son mari et sur ses enfants, un certain nombre de faits nouveaux qui ne sont peut-être pas dénués d'intérêt.

J'ose espérer que mon travail ne paraîtra pas tout à fait inutile et qu'il sera quelquefois consulté comme complément aux *Mémoires de Madame d'Épinay*.

Paris, 16 février 1881.

LES PRODIGALITÉS

D'UN FERMIER GÉNÉRAL

LES PRODIGALITÉS

D'UN FERMIER GÉNÉRAL

Louise-Florence-Pétronille Tardieu d'Esclavelles naquit en 1725, vraisemblablement à Condésur-l'Escaut (Nord) (1). Elle était la fille d'un officier général de mérite, M. Tardieu d'Esclavelles, et de Florence-Angélique Prouveur. Elle épousa le 23 décembre 1745, en l'église Saint-Roch, à Paris,

(1) Cette probabilité résulte d'une publication de bans faite en cette ville lors de son mariage célébré à Paris.

son cousin-germain M. Denis-Joseph de La Live d'Épinay, né en 1724, fils de M. de La Live de Bellegarde, fermier général, et de Marie-Josèphe Prouveur. M. d'Épinay, qui était adjoint à l'emploi exercé par son père, apportait en dot 300,000 livres, plus 12,000 livres de diamants et 2,000 livres pour sa bourse. De son côté, Mlle d'Esclavelles reçut de sa mère, alors veuve, 30,000 livres d'argent comptant, 12,000 livres de trousseau, 18,000 livres de meubles et linge et une rente de 3,000 livres ; son oncle, M. Prouveur, chanoine de Notre-Dame de Condé, lui assura la possession d'une terre dont il était propriétaire (1). Les deux époux furent mariés sous le régime de la communauté.

M. d'Épinay était un homme bien élevé, intelligent, instruit, ami des arts et excellent musicien ; malheureusement, il avait un caractère léger et inconstant, laissait entrevoir déjà un amour excessif du luxe et de la dépense et une fâcheuse tendance à se lancer dans des entreprises chimériques. Mme d'Épinay, au contraire, d'une nature douce et aimante, se montrait plus sérieuse et plus posi-

---

(1) Archives nationales, Y, 5,034. — *Mémoires de Madame d'Épinay*, édition Boiteau, I, 9.

tive. Elle aurait eu besoin d'être dominée et surtout dirigée. Sa figure était intelligente et agréable. Voltaire a célébré ses grands yeux noirs, Jean-Jacques Rousseau la blancheur de sa peau, Diderot ses cheveux magnifiques. En 1756, elle s'est dépeinte elle-même en ces termes : « Je ne suis point jolie, je ne suis cependant pas laide. Je suis petite, maigre, très bien faite. J'ai l'air jeune sans fraîcheur, noble, doux, vif, spirituel et intéressant (1) ».

(1) Ces lignes sont empruntées à la *Correspondance littéraire*, qui ajoute ces quelques mots : « Elle avait de très beaux yeux et des cheveux parfaitement bien plantés, qui donnaient à son front une physionomie fort piquante. » Il a dû être fait de nombreux portraits de Mᵐᵉ d'Épinay. On n'en rencontre pourtant aucun dans les catalogues des Expositions qui eurent lieu de son temps. Le musée de Genève en possède un, peint à l'huile par Liotard et exécuté vraisemblablement de 1757 à 1759; il en existe une copie au musée de Versailles. Mᵐᵉ George Sand, dans l'*Histoire de ma vie*, en signale deux autres : l'un à elle appartenant, et l'autre à son cousin, M. de Villeneuve. Dans ce dernier tableau, Mᵐᵉ d'Épinay est représentée en naïade, « c'est-à-dire, ajoute Mᵐᵉ Sand, avec aussi peu de costume que possible ». Tous deux proviennent du cabinet de M. Dupin de Francueil, grand-père de Mᵐᵉ Sand et de M. de Villeneuve. En 1760, Mᵐᵉ d'Épinay se fit peindre par un artiste qu'on suppose être un nommé Garand, membre de l'Académie de Saint-Luc. « On a peint Mᵐᵉ d'Épinay en regard avec moi », écrit Diderot dans les *Lettres à Mademoiselle Volland*; « elle est appuyée sur une table

2

Ce que fut l'union de deux êtres aussi dissemblables, Mme d'Épinay elle-même s'est chargée de nous l'apprendre dans ses *Mémoires* où elle n'a dissimulé ni les dérèglements de son mari, ni ses liaisons à elle avec M. Dupin de Francueil, puis avec Grimm, Allemand venu à Paris pour y gagner sa vie et qui y trouva la renommée littéraire, la fortune et l'amour d'une femme distinguée.

Les écarts de Mme d'Épinay, quoique assurément très blâmables, n'étaient cependant pas sans excuse. Négligée d'abord, puis délaissée absolument par son mari, elle reçut enfin de lui la plus mortelle des injures, une de celles qu'une femme ne doit ni ne peut pardonner (1).

les bras croisés mollement l'un sur l'autre, la tête un peu tournée comme si elle regardait de côté ; ses longs cheveux noirs relevés d'un ruban qui lui ceint le front ; quelques boucles se sont échappées de dessous ce ruban : les unes tombent sur sa gorge, les autres se répandent sur ses épaules et en relèvent la blancheur. Son vêtement est simple et négligé... Elle respire et ses yeux sont chargés de langueur ; c'est l'image de la tendresse et de la volupté. » Ce tableau était destiné à Grimm. Enfin Jean-Jacques Rousseau, dans les *Confessions* (liv. IX), mentionne que Mme d'Épinay lui fit présent d'un de ses portraits.

(1) Voyez *Mémoires de Madame d'Épinay*, chap. II, III et IV.

En dépit de quelques tentatives de réconciliation suivies de rapprochements passagers, l'union des deux époux fut dès lors brisée; mais, si leurs personnes demeurèrent séparées, il n'en fut pas ainsi de leurs intérêts, et cette dernière circonstance devint pour la malheureuse femme une source de chagrins qui durèrent autant que sa vie.

Moins de quatre années après son mariage, M. d'Épinay avait, par ses dépenses exagérées, compromis déjà sa situation et celle de sa femme, dont la dot était, en partie du moins, dévorée. M. de La Live de Bellegarde aimait tendrement sa belle fille, qui était en même temps, comme on l'a déjà dit, sa nièce. Il ne pouvait voir d'un œil indifférent son fils marcher à la ruine et y entraîner sa femme. Aussi, pour remédier, dans les limites du possible, à ce funeste état de choses, il dut conseiller à sa bru de demander sa séparation de biens. Le Châtelet de Paris accueillit favorablement la demande de Mᵐᵉ d'Épinay et la séparation fut prononcée le 14 mai 1749, après une enquête préliminaire dans laquelle comparurent comme témoins deux amis de la famille de La Live. L'un, M. Letellier, était en quelque sorte l'homme de confiance de M. de Bellegarde pour ses affaires litigieuses ; l'autre, le docteur Diest, était son médecin particulier (1).

La déposition faite par ce dernier dans l'enquête est conçue en ces termes :

« Dépose qu'il connaît les sieur et dame de La Live d'Épinay dès avant leur mariage ; qu'il les a toujours fréquentés depuis ; que par les dots qu'ils ont eues et les biens échus à la dite dame peu de temps après leur dit mariage (2) ils ont dû jouir de 24 à 25,000 livres de rente, sans presque aucune charge parce qu'ils ont toujours demeuré et ont été nourris pour une pension très modique chez le sieur de La Live, leur père et beau-père. Mais qu'une malheureuse facilité à dépenser en

(1) Quelques jours avant sa mort, le 30 juin 1751, M. de La Live de Bellegarde ajoutait à son testament les lignes suivantes, relatives à M. Diest : « Veut, ledit testateur, que s'il décède de la maladie dont il est attaqué, M. Diest, son médecin, soit récompensé convenablement de son zèle et de ses soins, se réservant à faire lui-même cette récompense s'il revient de ladite maladie. » (Archives nationales, Y, 56.) Jean Diest, docteur en médecine de la Faculté de Paris, était né vers 1703. Il demeurait rue Sainte-Anne, butte et paroisse Saint-Roch.

(2) Je ne sais quels sont ces biens ni d'où ils pouvaient provenir.

choses de luxe et d'autres dissipations auxquelles le dit sieur de La Live d'Épinay s'est livré, font qu'outre ses revenus il a encore dissipé une partie des meubles et bijoux que la dite dame son épouse lui a apportés et une somme de 13 a 14,000 livres, qu'il a reçue du fond de son bien et qu'en outre il a contracté beaucoup de dettes envers des marchands, fournisseurs et autres personnes qui le menacent journellement de le poursuivre, ce qui est tout ce que le dit déposant a dit savoir (1) ».

M. de Bellegarde, ne voulant pas que les intérêts de sa bru fussent lésés par les folies de son mari, avait manifesté l'intention de lui faire une donation. Le consentement de M. d'Épinay était indispensable à sa femme pour accepter cet acte de libéralité réparatrice, mais on était à la veille du jugement de la séparation de biens et, sous le coup de l'irritation que lui causait cette mesure, injurieuse pour lui, il refusa net l'autorisation nécessaire et ne l'accorda pas davantage après une sommation faite par ministère d'huissier. Il fallut donc demander aux tribunaux de trancher cette

(1) Archives nationales, Y, 14394.

difficulté, et le Châtelet déclara, le 22 mai 1749, que « Messire André Prouveur, seigneur de Lalaing, prêtre, licencié en droit et théologie, prévôt chanoine de l'église collégiale de Notre-Dame de Condé, serait et demeurerait autorisé à accepter pour elle la donation que le sieur de La Live de Bellegarde était dans l'intention de faire à la dame d'Épinay, sa bru, et à cet effet de passer et signer les actes à ce nécessaires (1). »

Un mois plus tard, M. de La Live de Bellegarde, étant en son château de la Chevrette (2), fit à

(1) Archives nationales, Y, 371.

(2) La Chevrette, magnifique château situé près d'Épinay-sur-Seine et dépendant de la paroisse de Deuil, était entouré d'un parc d'une grande étendue et renfermait de vastes pièces d'eau couvertes de cygnes, que Diderot, dans ses visites, s'amusait à agacer. Mal lui en prit un jour, car en courant après eux il fit une chute et se blessa assez grièvement à la jambe. Ces oiseaux avaient pris en grippe le baroque abbé Galiani, et, du plus loin qu'ils l'apercevaient, ils arrivaient sur lui le bec entr'ouvert et lui causaient une telle frayeur que l'abbé n'osait s'approcher. Ils faillirent, en outre, mettre en pièces Pouf, le petit chien de Mme d'Épinay, dont les aboiements les impatientaient. Les *Lettres à Mademoiselle Volland*, d'où nous tirons ces détails, nous fournissent encore la description d'une fête à la Chevrette pendant un séjour qu'y fit Diderot, en 1760; nous la reproduisons ici : « C'était hier (14 septembre) la

Mme d'Épinay, par-devant notaire, une donation de treize mille livres de rente et pension viagère (1).

La cause principale des prodigalités de M. d'Épinay était, on l'a deviné sans doute, une femme, Mlle Geneviève-Claude Rainteau, dite Verrière, appelée plus tard, à l'époque de son opulence,

fête de la Chevrette. Dès le samedi soir, les marchands forains s'étaient établis dans l'avenue, sous de grandes toiles tendues d'arbre en arbre. Le matin, les habitants des environs s'y étaient rassemblés ; on entendait des violons. L'après-midi on jouait, on buvait, on chantait, on dansait ; c'était une foule mêlée de jeunes paysannes proprement accoutrées et de grandes dames de la ville avec du rouge et des mouches, la canne de roseau, le chapeau de paille sur la tête et l'écuyer sous le bras. » La Chevrette avait une chapelle particulière où le service divin était habituellement célébré par M. Le Jollivet, curé de Deuil. Diderot a parlé en ces termes de cet ecclésiastique, commensal habituel du château : « Pour notre pasteur, c'est un des meilleurs esprits qu'il y ait bien loin ; il n'y a pas d'homme dont les passions se peignent plus vivement sur son visage ; c'est peut-être le seul qui ait le nez expressif : il loue du nez, il blâme du nez, il décide du nez, il prophétise du nez! Grimm dit que celui qui entend le nez du curé a lu un grand traité de morale. » (Lettres à Mademoiselle Volland, I, 112, 128, 131.) L'Ermitage, qu'habita Jean-Jacques Rousseau, était l'une des dépendances de la Chevrette.

(1) Archives nationales, Y, 371. Voir, à l'Appendice, le document coté I.

Mlle d'Orgemont, et aussi Mlle de La Mare.

M. d'Épinay l'avait connue vers 1747 ou 1748, soit à la Comédie-Française, soit à la Comédie-Italienne où elle figurait dans les ballets (1).

Cette personne, d'une figure ravissante, était, dit-on, tellement dépourvue d'intelligence, que, par plaisanterie, on l'avait surnommée la *Belle et la Bête*. Jamais sobriquet ne fut, paraît-il, plus mérité. Sa bêtise toutefois ne lui fit jamais oublier le soin de ses intérêts personnels et ne l'empêcha pas de ruiner le mieux du monde son imprudent adorateur.

Elle se contenta d'abord d'une situation modeste, puis, à mesure que la fortune de M. d'Épinay s'accrut, ses exigences augmentèrent dans des proportions inquiétantes.

Elle se fit somptueusement meubler par lui un petit hôtel dans la rue de la Chaussée-d'Antin, où elle mena grand train, tenant salon, recevant à souper l'élite du monde artistique ou littéraire de l'époque et faisant représenter sur son théâtre de société (2), le plus coquet de Paris, des opéras-co-

(1) Dans ses *Mémoires*, Mme d'Épinay la nomme Rose.

(2) « Nous avons assisté aujourd'hui (6 mai 1763) à la co-

miqués, des pièces empruntées au répertoire des deux Comédies et des petits ouvrages spécialement composés pour elle par des familiers de sa maison (1). Elle y jouait elle-même, non sans talent, les principaux rôles, et M. d'Épinay ne dédaigna pas de lui donner parfois la réplique (2). En outre, M. d'Épinay, amateur passionné de musique, avait organisé dans l'hôtel une sorte d'école lyri-

médie chez Mlle Verrière, dans leur salle de Paris : elle est très jolie, grande pour une salle particulière, d'une belle hauteur et fort ornée. On y compte sept loges en baldaquin, galamment dessinées et bien étoffées. Il y a aussi des loges grillées pour les femmes qui ne veulent pas être vues. » (*Mémoires de Bachaumont*, I, 217.)

(1) Trois membres de l'Académie française : Colardeau, Saurin et La Harpe, écrivirent pour le théâtre de Mlle Verrière : le premier *Camille et Constance*, le second *Julie*, et le troisième l'*Espièglerie*. La musique de *Camille et Constance* était de M. Dupin de Francueil, qui, après la rupture de sa liaison avec Mme d'Épinay, se montra fort assidu chez Mlle Verrière. (Voyez Adolphe Jullien, *le Théâtre des demoiselles Verrière*. Paris, Detaille, 1875, brochure in-4°.)

(2) Notamment dans la *Surprise de l'amour*, comédie de Marivaux, représentée le 6 mai 1763, où il se chargea du personnage d'Hortensius. Les autres rôles furent remplis par Colardeau, le président de Salaberry, le baron de Van Swieten, par Mlle Verrière et par sa sœur. (*Mémoires de Bachaumont*, I, 217.)

que où l'on instruisait à ses frais des sujets pour le théâtre de l'Opéra.

La brillante et coûteuse amie du fermier général n'occupait pas seule l'appartement de la Chaussée-d'Antin. Avec elle demeuraient sa mère et sa sœur, Mlle Marie-Geneviève Rainteau, dite également Verrière et nommée aussi quelquefois Mlle de Furcy. Cette demoiselle Verrière, beaucoup plus célèbre que la précédente dans l'histoire galante du siècle passé, fut passagèrement aimée du maréchal de Saxe (1). On sait que de leurs relations naquit en 1748 une fille, Marie-Aurore, qui épousa en 1777 M. Dupin de Francueil et qui fut la grand'mère de Mme George Sand (2).

(1) Et de bien d'autres encore. Citons seulement, parmi les plus marquants : Marmontel ; le duc de Bouillon, à qui elle donna un fils connu sous le nom de l'abbé de Beaumont ; Colardeau, mort, suivant les *Mémoires de Bachaumont*, des suites d'une horrible maladie dont elle le gratifia, et peut-être aussi La Harpe. Marie-Geneviève Rainteau s'était destinée au théâtre dans sa jeunesse, et Marmontel, qui lui donna des leçons de déclamation, nous la dépeint dans ses *Mémoires* comme douce, timide, un peu indolente et se reposant sur sa beauté du soin de plaire.

(2) Voyez le tome Ier de l'*Histoire de ma vie*, par Mme Sand.

Dans la nomenclature trop nombreuse des protecteurs de l'aimable femme dont nous nous occupons en ce moment, on trouve un M. Louis de Salnat, officier du Roi, qui, vers 1763, la rendit mère d'une fille, mariée en 1779 à un sieur Reynaud, juge royal (1).

J'ose à peine dire que, sous le nom, manifestement emprunté, de Salnat, je crois reconnaître M. d'Épinay, qui aurait partagé ses amours entre les deux sœurs comme elles se partageaient ses libéralités. Cette conjecture, émise sans preuve à l'appui, paraîtra sans doute bien hardie, et je me serais gardé de la hasarder si la lecture attentive d'un document que l'on trouvera plus bas ne lui donnait, à mon avis du moins, un semblant de vérité (2).

Mlle Marie-Geneviève Rainteau, dite Verrière, décéda à Paris en 1775 (3) avant Mlle d'Orgemont, sa sœur.

« Elle mourut, dit Mme Sand (4), un soir, au

(1) Archives nationales, Y, 11506.
(2) Voyez, à l'*Appendice*, le document coté VI.
(3) Archives nationales, Y, 11506.
(4) *Histoire de ma vie*, tome Ier. — M. Adolphe Jullien (*le*

moment de se mettre au-lit, sans être indisposée le moins du monde, en se plaignant seulement d'avoir un peu froid aux pieds. Elle s'assit devant le feu, et tandis que sa femme de chambre lui faisait chauffer sa pantoufle, elle rendit l'esprit sans dire un mot ni exhaler un soupir. Quand la femme de chambre l'eut chaussée, elle lui demanda si elle se sentait bien, et, n'obtenant pas de réponse, elle la regarda au visage et s'aperçut que le dernier sommeil avait fermé ses yeux. »

Ces détails une fois donnés sur les demoiselles Verrière, que les *Mémoires de Bachaumont* appellent les Aspasies du XVIIIe siècle, nous reprenons la suite chronologique, un moment interrompue, de l'histoire de M. d'Épinay.

Le 3 juillet 1751, Mme d'Épinay eut la douleur de perdre M. de La Live de Bellegarde, son beau-père, en qui elle avait toujours trouvé un ami et un consolateur M. de Bellegarde mourut à l'âge de 71 ans, à Paris, rue Saint-Honoré, et, suivant sa

Théâtre des demoiselles Verrière) la mentionne toujours comme l'aînée des deux sœurs, mais il ne dit pas sur quelle autorité il base cette assertion, peut-être fondée d'ailleurs.

volonté, fut inhumé dans l'église d'Épinay, auprès de Marie-Josèphe Prouveur, sa femme, décédée en 1740 (1).

Cet excellent homme, dans l'acte où sont transcrites ses dernières volontés, donna à sa bru des preuves de l'affection qu'il lui portait. Il confirma

(1) Le testament de M. de Bellegarde, que j'ai retrouvé aux Archives nationales (Y, 56), est daté du 21 septembre 1750. Il est suivi de deux codicilles des 25 janvier et 25 mai 1751, et débute ainsi : « Je désire que mon corps soit porté dans l'église d'Épinay pour y être enterré, le plus simplement qu'il sera possible, dans la chapelle de la Sainte-Vierge, à côté de ma très chère et à jamais regrettable épouse. Depuis qu'il a plu à Dieu de m'affliger de sa perte pour punition de mes péchés, elle a été et sera toujours jusqu'à la fin l'objet de mes larmes. C'est ici la dernière marque que je puis donner de mon attachement pour elle. Il sera mis au bas de son épitaphe, en caractères italiques, les lignes latines ci-après et, dans l'espace qui se trouvera entre aucuns desdits mots latins, au lieu des raies qui seront ici tirées, l'on y remplira le jour et le temps de mon décès et le quantième de mon âge : *Obiit et ille post multos mœroris annos, et mœrore fuit holocaustum pœnitentiæ quod consommavit in Christo, die — anno — ætatis suæ. Hic cineribus dilectis, voluit adjungere suas. Requiescant in pace.* » Ce document, si intéressant pour l'histoire de la famille de La Live, nous apprend l'existence d'un fils de M. de Bellegarde, demeuré jusqu'ici inconnu, je crois. Il se nommait François-Louis de la Live et était religieux profès dans l'ordre des Prémontrés.

d'abord la donation de 13,000 livres de rente via-gère faite en 1749, puis il lui attribua 500 livres par an pour chacun de ses enfants nés ou à naître, stipulant expressément qu'elle n'aurait pas besoin du consentement de son mari pour toucher cette somme dont elle disposerait comme elle l'entendrait pour l'entretien et l'éducation de ses enfants. En outre, il fit don à sa belle-sœur Mme d'Escla-velles, mère de Mme d'Épinay, d'une somme de 30,000 livres réversible après elle sur sa fille (1).

La mort de M. de Bellegarde fit de M. d'Épinay, qui lui succéda dans son emploi de fermier général, le possesseur d'une grande fortune se composant tant d'argent liquide que de domaines libres, ou substitués. Il s'empressa alors de donner carrière à ses goûts, un peu contenus jusque-là, par la crainte que lui inspirait son père et par la modicité relative de ses ressources. Sous prétexte de réparations ou

_____

(1) Mme d'Épinay, dans ses *Mémoires* (I, 284), rapporte exactement ces chiffres; mais, chose assez singulière, elle ne mentionne pas que les 30,000 livres léguées à Mme d'Es-clavelles dussent lui revenir plus tard. Elle dit, en outre, qu'elle renonça aux 500 livres pour ses enfants, parce que la famille trouva ce passage du testament de M. de Belle-garde humiliant pour M. d'Épinay.

d'améliorations, il fit abattre et réédifier une partie du château de la Chevrette, en vendit les orangers et les plants de mûrier, en coupa inutilement les beaux arbres, puis, tout à coup, dégoûté de son œuvre, il abandonna les travaux commencés et laissa ce superbe domaine complètement ravagé et ayant perdu une partie de sa valeur.

Peu de temps après, Mlle Verrière ayant manifesté le désir d'habiter une maison à la campagne, il fit l'emplette d'un domaine à Épinay, acceptant sans examen le prix extrêmement exagéré qu'on lui en demandait, y fit pour plus de 30,000 livres de réparations ou d'embellissements, le meubla somptueusement, et y installa Mlle Verrière et sa sœur, sous les noms de Mlles d'Orgemont et de Furcy, et eut enfin l'audace de les conduire chez le curé du village et de les lui présenter comme des dames de la haute société parisienne.

On menait assez joyeuse vie à Épinay, mais bientôt, comme ni le vendeur du domaine, ni les ouvriers chargés des réparations, n'avaient été payés, le fermier général se vit sous le coup d'une saisie. Pour échapper à cette triste éventualité, il fut obligé de demander à sa femme de vouloir bien aliéner à son profit la rente de 3,000 livres, qu'aux termes de son contrat de mariage, lui faisait M^mo d'Esclavelles, sa mère (1).

M^mo d'Épinay était profondément blessée de la conduite de son mari et du manque absolu de pudeur dont il témoignait en établissant deux filles galantes, entretenues par lui, à Épinay même, où le souvenir de M. et Mme de Bellegarde était si vivant encore; elle consentit pourtant à lui venir en aide, mais elle exigea que Mlle d'Orgemont et sa sœur fussent renvoyées à Paris; et M. d'Épinay obéit à cette injonction (2).

On était alors en 1755, et depuis 1751, date de la mort de son père, le prodigue avait dépensé 1,500,000 livres. De 1755 à 1759 ce fût pis encore. Poussé comme par un esprit de vertige, il se rendit acquéreur de plusieurs immeubles dans le faubourg Saint-Honoré, les démolit, les recon-

(1) Archives nationales, Y, 5034.

(2) Toute satisfaction d'amour-propre mise à part, je ne crois pas que M^mo d'Épinay eut beaucoup à se féliciter de son triomphe en cette occasion, car, chassées d'Épinay, Mlles Verrière allèrent occuper à Auteuil un joli domaine, très bien aménagé, et où elles firent édifier un petit théâtre, le tout très probablement aux frais de M. d'Épinay.

struisit, les meubla et les démeubla ; en céda, racheta et revendit tour à tour la nue propriété ou l'usufruit, tantôt à Mlle d'Orgemont, tantôt à Mlle de Furcy, enfin fit tant et si bien qu'il eut bientôt à ses trousses une meute déchaînée de créanciers, maçons, menuisiers, serruriers, miroitiers, pépiniéristes, et qu'il dut de nouveau faire appel à sa femme.

Elle se trouvait alors à Genève, où elle s'était rendue deux ans auparavant, autant pour mettre au monde un enfant dont M. d'Épinay ne pouvait s'attribuer la paternité, que pour faire soigner par le célèbre Tronchin sa santé déjà compromise. Ce fut dans cette ville qu'elle reçut de son mari une lettre où il lui exposait sa détresse et la prévenait qu'il se voyait dans l'obligation de restreindre sa pension annuelle. Mme d'Épinay répondit à son mari en lui demandant un état exact de ses créanciers, l'assura de ses bonnes dispositions, lui fit quelques reproches sur sa conduite et finalement l'exhorta à se séparer de Mlle d'Orgemont, cause de sa ruine.

M. d'Épinay répliqua à son tour que, loin de le ruiner, Mlle d'Orgemont, apprenant son embarras, s'était hâtée de lui apporter ses diamants et sa vaisselle d'argent. Il avait dû accepter cette marque d'affection, et en échange il s'était engagé à faire à sa généreuse amie 7,500 livres de pension viagère, représentant, au taux de 10 pour 100, la valeur des objets reçus.

Rien n'était pourtant vrai dans ces assertions, si ce n'est peut-être la pension viagère que Mlle d'Orgemont lui extorqua. Quant aux diamants et à l'argenterie, elle les garda bel et bien tout en se constituant dès lors créancière de M. d'Épinay pour des sommes importantes (1). Une situation aussi tendue ne pouvait guère se prolonger. En 1761, les affaires de M. d'Épinay étaient dans un tel désordre qu'il se vit à deux pas de la faillite. Il avait alors de 6 à 700,000 livres de dettes. La famille de La Live tout entière se réunit pour remédier à un état de choses si menaçant, et l'un de ses frères, M. de La Live (2), se mit résolument à la tête des affaires du dissipateur. Grâce à l'intelligence de M. de La Live, grâce surtout au puis-

(1) Archives nationales, Y, 5034.
(2) Les documents n'indiquent pas si ce fut M. de La Live de Jully ou M. de La Live de la Briche.

sant crédit et à l'appui de M. Jean-Joseph de Laborde, banquier de la Cour et l'un des financiers les plus éminents et les plus honorables de l'époque, le danger put être évité, à la condition que M. d'Épinay abandonnerait pendant un certain temps la totalité de ses revenus à ses créanciers et que, pour lui personnellement, il se contenterait d'une pension alimentaire (1).

Cependant, tant de dérèglements avaient enfin éveillé l'attention de l'autorité supérieure. On ne pouvait laisser plus longtemps un pareil homme occuper un emploi aussi considérable que celui de fermier général, et en 1762 il fut rayé du contrôle des fermes pour cause de prodigalité. Semblable disgrâce advint aussi à la même époque et pour les mêmes motifs à M. Le Riche de la Poupelinière, que ses infortunes conjugales ont rendu à jamais célèbre. La charge de M. d'Épinay fut donnée à M. Tronchin, parent du fameux médecin. Mais, M. Tronchin n'étant pas assez riche pour faire seul les fonds nécessaires à l'exercice de son emploi, une partie de ce qui restait encore de la

(1) Archives nationales, Y, 5034.

fortune de M. d'Épinay demeura dans la charge, et sa femme, qui venait de perdre Mme d'Escla-velles, sa mère, y plaça également 90,000 livres provenant de sa succession, devenant ainsi l'as-sociée de M. Tronchin et de son mari (1).

Tant de traverses et de soucis avaient fini par altérer profondément la santé de Mme d'Épinay, que d'autres inquiétudes non moins graves tour-mentaient encore. L'avenir de ses deux enfants, un fils et une fille (2), était sérieusement com-promis. Sa fille, Mlle d'Épinay, née vers 1749, venait de terminer son éducation (3), il fallait

(1) Archives nationales, Y, 408. Voir, à l'*Appendice*, le document coté III.

(2) Mme d'Épinay eut certainement plusieurs enfants de son mari, mais deux seulement, un fils et une fille, ceux dont il est question ici, lui survécurent. Elle eut en 1753, de M. Dupin de Francueil, un fils qui prit l'habit ecclé-siastique et fut connu sous le nom de M. Le Blanc de Beau-lieu. Il fut nommé, le 9 avril 1802, évêque de Soissons, résigna son évêché en 1820 et mourut en 1825. Mme George Sand, dont ce respectable prélat était le grand-oncle, assure, dans l'*Histoire de ma vie*, qu'il ressemblait d'une façon frappante à Mme d'Épinay, et ajoute qu'il était « à peu près stupide ». Enfin, dans les premiers mois de 1758, Mme d'É-pinay dut mettre au monde, à Genève, un enfant qui avait Grimm pour père et dont le sort est demeuré inconnu.

(3) La personne qui éleva Mlle d'Épinay est appelée, dans

bientôt songer à la marier. Malheureusement, dans la situation critique d'où ils sortaient à peine, M. et Mme d'Épinay se trouvaient dans l'impossibilité de la doter convenablement. M. de La Live y pourvut en avançant à son frère et à sa belle sœur 30,000 livres, dont il se remboursa annuellement sur les biens de l'ex-fermier-général confiés à sa gestion, et, grâce à sa générosité, Mlle d'Épinay put être unie, en 1764, au vicomte de Belsunce (1).

M. de La Live administra les affaires de son frère jusqu'en 1770. A cette époque, M. d'Épinay ne devait plus que 50,000 livres, et fut réintégré dans la possession de ses revenus. Redevenu son maître, il recommença ses folies comme de plus belle, oublieux des rudes leçons du passé, et contracta de nouvelles dettes qui en moins de cinq ans s'élevèrent au chiffre de 180,000 livres. Il se trouvait grevé en outre de 260,000 li-

les *Mémoires*, Mlle Durand. Elle se nommait en réalité Marie Drinvillé. Mme d'Épinay lui fit, par-devant notaire, en 1764, une donation de 300 livres de rente viagère. (Archives nationales, Y, 408.) Voir, à *l'Appendice*, le document coté III.

(1) Archives nationales, Y, 5034.

vres pour fonds de douaire ou rentes viagères.

Ceci se passait en 1775, et Mme d'Épinay eut le bonheur, cette année-là, de voir son fils honorablement marié. Louis-Joseph de La Live d'Épinay était né le 26 septembre 1746. Son père lui donna pour gouverneur un clerc tonsuré du diocèse de Paris, nommé Jean Linant (1), et lui fit faire ses études, en partie du moins, dans l'un des collèges de Paris (2). Il était intelligent et même assez instruit pour que Grimm et Jean-Jacques Rousseau aient pu, sans trop railler, l'appeler le *lettré*. D'a-

(1) M. de La Live de Bellegarde avait, dans son testament (Archives nationales, Y, 56), recommandé à M. d'Épinay de confier l'éducation du jeune Louis-Joseph à un sieur Rossignol, qui avait été le précepteur de son dernier fils, M. de La Live de la Briche. M. d'Épinay ne suivit pas les intentions de son père et confia son enfant à Linant, homme doux et sensé, et le récompensa de ses soins, en 1758, par une donation de 500 livres de rente viagère.

(2) Probablement au collège du Plessis, rue Saint-Jacques. Voyez, dans les *Mémoires* (I, 311), l'amusant récit d'une visite de Mme d'Épinay au collège où étudiait son fils. Elle y trouva l'enfant « vis-à-vis d'une table, un cahier de papier devant lui, sur lequel il faisait des croix et des pâtés, faute de rien trouver dans sa tête de ce qu'il devait écrire. M. Linant était en robe de chambre, nû-tête, lisant, couché sur un fauteuil et les jambes allongées sur un autre », etc.

bord conseiller au parlement de Pau, il embrassa ensuite la carrière militaire et fut successivement mousquetaire et officier de dragons. Il habitait alors Fribourg, en Suisse, et c'est dans cette ville qu'il connut et épousa Mlle de Boccard, fille d'un ancien militaire au service de la France. Leur contrat de mariage fut passé à Paris le 29 mai 1775 (1). On y voit, que la future se maria sans argent comptant, avec ses droits, et que M. et Mme d'Épinay se trouvaient dans une gêne si grande que tout ce qu'ils purent faire fut de s'engager, pour le cas où l'avoir personnel de leur fils (2) ne produirait pas annuellement 5,000 livres, à lui compléter cette somme de leurs propres deniers. L'une des clauses de cet acte, témoignage irréfutable de l'état désastreux de la fortune de M. d'Épinay, est ainsi conçu : « Ledit maître Binet (c'était le procureur de M. d'Épinay fils) oblige même ledit sieur futur époux de ne pou-

(1) Archives nationales, Y, 77. Voir, à l'*Appendice,* le document coté V.

(2) Cet avoir personnel se composait de 2,000 livres de capital, prix de la liquidation de sa charge de magistrat, produisant 900 livres par an, et de 3/13 dans un quart de place de fermier général.

voir former d'établissement ailleurs qu'à Fribourg, en Suisse, pendant la vie de mondit sieur d'Épinay son père » (1).

Cette phrase singulière démontre que M. d'Épinay avait banni son fils de sa présence. Il me serait impossible de dire quand et à la suite de quels faits graves se produisit cette désunion. On ne peut guère l'attribuer aux 32,000 livres de dettes que le jeune homme déclara en se mariant, car M. d'Épinay devait avoir une indulgence inépuisable pour de semblables peccadilles. Je croirais plutôt que M. d'Épinay fils, témoin des fréquentes discussions de ses parents, ressentant vivement les chagrins de sa mère et violent comme on l'est dans la jeunesse, se serait, par ses propos hardis ou même par des actes irrespectueux, aliéné irréparablement le cœur de son père, blessé à la fois dans son amour-propre et dans sa dignité. Toujours est-il que cette mésintelligence, constatée par un document authentique, reposait assurément sur des motifs très sérieux.

Il s'est formé à ce sujet une légende absurde et

(1) Archives nationales, Y, 77.

monstrueuse qui fut mise en circulation ou du moins imprimée pour la première fois en 1794 par Richer-Sérisy, dans son journal *l'Accusateur public* (1), en ces termes : « Il n'est pas jusqu'au bon Rousseau, l'ennemi des philosophistes et constamment leur victime, qui, chargé de l'éducation de d'Épinay (2), n'eût la douleur amère de le voir renfermé à 15 ans parce que ce jeune homme avait voulu empoisonner son père. »

Cette calomnie passa alors inaperçue, mais vingt-cinq ans plus tard on la vit reparaître de la façon la plus inattendue et dans les circonstances suivantes. Pendant les premières années de la Restauration, le lieutenant-général baron Canuel, ancien soldat de la Révolution, devenu ardent royaliste, fut chargé de réprimer un mouvement insurrectionnel dans le département du Rhône. Le général Canuel s'acquitta de sa tâche avec une impitoyable rigueur. Des actes de cruauté furent commis, des enfants furent traînés devant la cour prévôtale, et l'un d'entre eux, âgé de 16 ans, fut

(1) Numéro IV, p. 22.

(2) On vient de voir que le précepteur de M. d'Épinay fils se nommait Jean Linant.

condamné à un long emprisonnement. Ces faits furent reprochés au général Canuel dans divers écrits dont les plus passionnés avaient pour auteurs M. Charrier de Senneville et le colonel Fabvier. Le général cita ces deux personnages devant les tribunaux et confia sa cause à Mᵉ Couture, avocat de mérite. Mᵉ Couture, dans sa plaidoirie, essaya de justifier la cour prévôtale de la condamnation prononcée par elle contre un enfant de 16 ans, en rappelant le passage de Richer-Sérisy relatif à M. d'Épinay fils, enfermé au même âge pour avoir tenté d'empoisonner son père. Le plaidoyer de Mᵉ Couture fut publié par plusieurs journaux. M. d'Épinay était mort à cette époque, mais son fils crut de son devoir de protester et il adressa au *Moniteur* la lettre suivante, insérée dans le numéro du 10 février 1819 :

« Monsieur,

« Par la publication du plaidoyer de Mᵉ Couture dans l'affaire de M. le lieutenant-général Canuel, vous avez contribué à propager l'erreur involontaire qu'il a commise en répétant une citation calomnieuse et outrageante pour la mémoire de mon père, insérée dans un journal qui a paru pendant la Révolution sous le titre d'*Accu-sateur public*, par M. Richer-Sérisy. Vous contri-buerez, Monsieur, à réparer cette erreur en pu-bliant la lettre ci-jointe que je vous prie de vouloir bien insérer dans votre plus prochain numéro :

Lettre de Mᵉ Couture à M. d'Épinay.

« Monsieur, par la lettre dont vous m'avez ho-noré le 28 janvier, vous vous plaignez que dans la plaidoirie que j'ai prononcée devant le tri-bunal de police correctionnelle pour M. le lieute-nant-général Canuel, j'ai nommé M. d'Épinay et l'ai cité pour avoir été, à l'âge de 15 ans, frappé d'un emprisonnement en expiation d'une tenta-tive d'empoisonnement sur la personne de son père. Vous m'apprenez que vous êtes le fils de M. d'Épinay, que sa veuve vit encore, que rien n'est plus faux que l'imputation à laquelle j'ai donné la plus funeste publicité et qu'ainsi, je suis devenu, sans m'en douter, la cause de la plus cuisante douleur dont puisse être affectée une hon-nête famille.

« Votre douleur est bien grande, Monsieur, si elle passe la mienne, et malgré la justice que vous rendez à mon intention et les ménagements dont

vous usez si délicatement pour adoucir ce reproche, j'en sens tout le poids et j'en conçois toute
l'amertume ; mon explication ne doit pas se faire
attendre et la voici : Dans l'un des écrits attaqués
par M. le lieutenant-général Canuel, l'auteur avait
cherché à émouvoir la pitié en faveur d'un jeune
homme de seize ans et demi condamné par la cour
prévôtale comme l'un des instigateurs du mouvement insurrectionnel qui avait éclaté à Lyon
le 8 juin 1817. Mes adversaires s'étaient étendus
de nouveau sur cette complainte à l'audience.
Pour la défense de la loi et de la cour qui l'avait ap-
pliquée, je citai d'abord les dispositions du code
pénal et ensuite des exemples de perversité donnés
avant nous comme sous nos yeux par un trop
grand nombre de jeunes gens. C'est dans cette
partie d'un discours improvisé et rapide que de
mémoire je jetai le nom de d'Epinay avec la men-
tion qu'il avait été enfermé à l'âge de quinze ans.
« J'avais lu le fait dans une feuille périodique
rédigée sous le titre d'*Accusateur public* par M. Richer-Sérisy, 4e cahier, page 22 ; et j'y avais pris
d'autant plus de confiance que, n'ayant jamais
entendu dire que l'on eût protesté contre cette

assertion livrée au public il y a environ 25 ans, je ne pouvais soupçonner cet écrivain d'un mauvais dessein contre une famille honorable. Je ne rapporterai pas tout le paragraphe qui n'a de relatif à M. d'Epinay que les dernières lignes que voici : « Il n'est pas jusqu'au bon Rousseau, l'ennemi des philosophistes et constamment leur victime, qui, chargé de l'éducation de d'Epinay, eût la douleur amère de le voir enfermé à quinze ans, parce que ce jeune homme avait voulu empoisonner son père.

« Vous connaissez maintenant, Monsieur, l'occasion et la source de la citation que vous aviez un si grand intérêt à relever ; je dois ajouter que des personnes recommandables m'ont attesté qu'elle était fausse dans toutes ses parties ; je dois ajouter que le témoignage de l'une d'elles, qui n'a jamais perdu de vue M. votre père, ne me permet pas d'en douter ; qu'enfin, si j'ai eu le malheur d'avoir reproduit une énonciation injurieuse à la mémoire de M. d'Épinay, du moins je serai le dernier qui le ferai, puisqu'on n'y saurait plus tomber sans méchanceté et même sans se rendre coupable de calomnie.

« Mon devoir est de vous répondre franchement

par cette déclaration et de vous autoriser à la rendre publique par les journaux. C'est bien la moindre chose que pour réparer le mal vous preniez les voies par lesquelles il a été étendu. Je ne ferai pas observer que citant le nom de d'Épinay sans connaître qui que ce fût de la famille, ne soupçonnant pas votre existence et improvisant une défense orale qui vous était bien étrangère, mon intention ne peut être attaquée que par des hommes qui seraient disposés à aggraver mes torts. Aussi le soin que vous avez pris de m'en donner l'assurance et les égards par lesquels vous m'avez prévenu malgré le désavantage de ma position, m'auraient-ils flatté, s'ils n'avaient, par un effet plus naturel, augmenté le regret que j'éprouverai longtemps d'avoir fait de la peine à l'homme du monde qui me paraît l'avoir moins méritée.

« Agréez, je vous prie, Monsieur, l'hommage de la parfaite considération avec laquelle j'ai l'honneur d'être votre très humble et très obéissant serviteur.

« Signé, Couture, avocat. »

« Pendant que M. Richer-Serisy publiait l'*Accusateur public*, une partie de ma famille était dans les cachots et l'autre hors de France; nous ignorions complètement qu'un récit aussi grossièrement mensonger eût jamais été inventé et publié, nous ne comprenons même pas ce qui a pu donner lieu à une telle fable. M. d'Épinay n'a jamais reçu les soins de Rousseau. Il n'y a qu'à lire les *Confessions* pour s'assurer que M. de Linant fut le seul précepteur de M. d'Epinay. En entrant dans le monde, il fut conseiller au Parlement de Pau, puis il devint mousquetaire et ensuite officier de dragons. Toute sa vie s'est passée honorablement au milieu d'une famille nombreuse très répandue dans le monde. Les témoins d'une conduite sans reproches ne manquent pas; leur étonnement d'une telle absurdité a été grand. Il faut le désordre des temps de la Révolution, l'oubli complet de tous les souvenirs de la société et des convenances que doit s'imposer un écrivain pour s'expliquer comment une aussi infâme calomnie a pu échapper à la plume de M. Richer-Serisy, qui, au reste, a laissé, dit-on, d'honorables souvenirs.

« Agréez, Monsieur, l'assurance de ma considération distinguée.

« DE LA LIVE D'ÉPINAY. »

Tel est, jusqu'à présent du moins, le dernier mot écrit sur cette mystérieuse affaire.

Nous ajouterons pour en finir avec M. d'Épinay fils, que, trois années après son mariage, le 20 novembre 1778, il fut interdit pour cause de prodigalité, par sentence souveraine du conseil privé de la République de Fribourg (1).

Le mariage de ses deux enfants consola un moment Mme d'Épinay de tous ses chagrins. Elle eut même, à cette époque, l'espoir de voir son mari s'amender. Dans un moment de lucidité, M. d'Épinay, apercevant enfin l'abîme ouvert sous ses pas, prit le parti de s'adresser au tribunal du Châtelet de Paris et de solliciter la nomination d'un conseil judiciaire.

Ce conseil, on le lui accorda le 10 juin 1776 et ce fut M. Le Pot d'Auteuil, le notaire à la mode de l'époque, qui fut désigné pour ces délicates fonctions (1).

Désormais M. d'Épinay, se croyant garanti

(1) Archives nationales, Y, 15681.

(2) Archives nationales, Y, 5034. Florent-Jacques Le Pot d'Auteuil exerça de 1759 à 1783. Il demeurait rue Saint-Honoré, vis-à-vis l'hôtel de Noailles.

contre lui-même, retomba insensiblement dans ses habitudes désastreuses. La mánie des constructions le possédait à ce moment tout entier, et, comme par le passé, il ne donnait que des acomptes sur les travaux entrepris d'après ses ordres. Il s'endetta donc de nouveau et ses créanciers le traînèrent devant le Parlement de Paris, qui, par arrêt du 11 avril 1777, ordonna la distribution d'une partie de ses biens aux réclamants et ne lui laissa qu'une pension alimentaire de 10,000 livres (1).

M. Le Pot d'Auteuil résigna alors ses fonctions de conseil judiciaire, ne se souciant pas d'avoir à morigéner plus longtemps un homme à ce point incorrigible, et M. Pinon du Coudray, avocat en parlement et secrétaire du Roi, fut nommé conseil à sa place.

Il ne réussit pas plus que M. Le Pot d'Auteuil à contenir M. d'Épinay. Le malheureux continua à emprunter, à aliéner, à faire enfin mille folies ruineuses. Il fut même cité au tribunal des juges-consuls et contraint par corps. Bref, en juillet 1777, le voyant écrasé sous un passif de 650,000

(1) Archives nationales, X¹ᴵᴵ, 4031.

livres, tandis que son actif ne s'élevait qu'à
120,000 livres; sa famille prit un parti suprême
en se décidant à provoquer son interdiction.

Quant à Mme d'Épinay, elle était à bout de forces.
Malade depuis longues années, ces soucis, ces
émotions continuelles détruisaient tous les jours
un peu plus sa santé et il lui fallait, pour trouver
quelque repos la nuit, recourir à des potions nar-
cotiques.

Elle montra pourtant une énergie à la hauteur
des circonstances, et, se cramponnant à la vie pour
conserver à ses enfants les derniers lambeaux
d'une immense fortune si follement dissipée, elle
s'engagea résolument dans la voie que le bon sens
et la nécessité lui indiquaient.

Avant d'entamer définitivement les procédures,
elle eut, par elle-même ou par l'intermédiaire de
son procureur, plusieurs entretiens avec M. Angran d'Alleray, lieutenant civil du Châtelet de
Paris (1). Ce magistrat était un homme de grand

_____

(1) Denis-François Angran d'Alleray, ancien procureur
au Grand Conseil, était lieutenant civil du Châtelet de Paris
depuis le 29 décembre 1774. Ses fonctions étaient multiples
et absorbantes. Toute l'année il présidait l'audience du

mérite et digne de sa haute situation. Il fit à Mᵐᵉ d'Épinay les observations usitées en pareil cas, et, tout en reconnaissant les torts de son mari, en admettant même la nécessité où il se trouverait de prononcer l'interdiction quand la demande lui en serait adressée, il l'engagea à réfléchir encore et lui proposa divers moyens juridiques de prévenir un pareil scandale en liant pour l'avenir et à tout jamais les mains de M. d'Épinay.

Ce dernier, instruit des dispositions conciliatrices du magistrat, lui adressa, le 3 août 1777, la lettre suivante :

Parc-Civil ou chambre civile du Châtelet, et présidait également, lorsque ses occupations le lui permettaient, la chambre du Conseil où se jugeaient les affaires sur rapport. En outre, dans son hôtel, situé rue des Blancs-Manteaux, cul-de-sac Pecquet, près du palais Soubise, il prenait seul des décisions sommaires dans les cas nécessitant une prompte expédition, tels que référés sur saisies, exécutions, enlèvements de meubles, avis de parents, actes de tutelle ou curatelle, interdictions, autorisations de femmes mariées, etc. M. Angran d'Alleray fut condamné à mort par le tribunal révolutionnaire de Paris, le 9 floréal an II, malgré les généreux efforts de l'accusateur public Fouquier-Tinville. Fouquier, ancien procureur au Châtelet et comme tel subordonné de M. Angran, avait conservé un souvenir reconnaissant de ses relations antérieures avec lui et de ses bons offices, et il le lui prouva en essayant de lui sauver la vie.

« Monsieur,

Tout malade que je suis, j'ai fait hier un effort pour vous aller rendre mes devoirs et vous sup--plier d'insister aujourd'hui, auprès de ma famille assemblée pour qu'elle adopte les moyens que vous avez bien voulu proposer et qui équivalent à l'interdiction dont l'idée me tue. Tout ce que ma famille craint est que, d'une part la disposition de mes revenus ne me reste, et de l'autre que je ne contracte de nouveaux engagements. Une procuration irrévocable remédierait au premier cas, et à l'égard du second, si vous aviez la bonté, Monsieur, sans rejeter l'interdiction, de vouloir bien seulement en suspendre le prononcé et la publicité, jusqu'au moment où la moindre créance nouvelle paraîtrait, ce serait une sûreté pour ma famille à laquelle il serait bien dur qu'elle se refusât. Permettez-moi, Monsieur, de tout espérer de votre justice et de votre bonté.

« Je suis avec respect Monsieur, votre très humble et très obéissant serviteur (1).

« LA LIVE D'ÉPINAY. »

(1) Archives nationales, Y, 5034.

A la suite de cette lettre, M. d'Épinay eut à son tour une entrevue avec M. Angran d'Alleray, dans laquelle il lui exposa son désespoir, parlant, un peu tardivement, de sa dignité blessée, et le pria d'intervenir auprès de sa famille afin qu'on lui avançât 30,000 livres. Cette somme, ajoutait-il, serait amplement suffisante pour parer aux besoins les plus urgents.

Le Lieutenant civil transmit à Mme d'Épinay les termes de cet entretien, mais celle-ci n'accepta point une semblable solution et répondit aux propositions de son mari, par ce mémoire :

« Il faut ramener les choses au véritable point. Mme d'Épinay et la famille de M. d'Épinay ne plaident point contre lui, ne se mêlent pas même de l'obliger à se mieux conduire ni à moins dépenser. On n'a jamais employé avec lui que la voie des représentations avec tous les égards et la tendresse qu'il avait droit d'attendre d'elles. Toutes les fois qu'il a été embarrassé et gêné dans ses affaires il a eu recours à sa femme et à sa famille et l'une ou l'autre l'ont secouru. L'année dernière encore, ils ont répondu pour 24,000 livres, et pour cela Mme d'Épinay et ses enfants ont engagé leurs droits et leurs reprises. Cette somme de 24,000 livres, devait, disait-on, sauver M. d'Épinay ; aujourd'hui, il en demande 30,000. Ces trente ne le sauveraient pas plus que les vingt-quatre ne l'ont fait. Mais, touchés de sa situation, ses enfants, sa famille et sa femme, ne pouvant le voir sans une peine mortelle dans les détresses où il est, ni voir les frais journaliers qui augmentent la masse de ses dettes, ont projeté de le secourir ; mais, ne voulant faire que des sacrifices utiles et ne risquer leurs avances que sur la vie de M. d'Épinay et non sur sa conduite, ils ont tous des enfants et ne peuvent pas se permettre de se dépouiller sans les plus grandes sûretés. M. d'Épinay n'en peut donner, quelque forme qu'on y mette, sans l'interdiction. Ils l'ont demandée ; c'est le désir de le secourir qui fait y avoir recours. Elle n'est pas plus humiliante qu'un conseil. M. d'Épinay y avait consenti, on demande qu'elle soit prononcée. Si elle ne l'est pas, ce sera très malheureux pour M. d'Epinay, car sa famille ni ses enfants ne pourront venir à son secours et n'y viendront sûrement pas, quelque désir qu'ils en aient. Ils sont dans une situation très gênée ; menacés de la part du gouvernement d'opérations qui leur ôteront la plus grande partie de leur existence, ils ont des enfants, le premier de tous les devoirs les contraindra à gémir infructueusement sur le sort de leur père. Et encore une fois c'est pour éviter les désordres et les malheurs qui vont suivre d'une saisie réelle qu'on a proposé un parti qui aurait dû être pris il y a longtemps. On le dit avec peine, mais c'est le comble de la déraison dans la situation où il est de s'affecter de ce parti comme il le fait et rien ne prouve mieux combien peu l'on doit compter sur lui. Quoi ! il aime mieux laisser vendre le peu d'effets qui lui restent, aller en prison, faire un éclat ruineux pour ses enfants, laisser son fils sans dot, obliger la vicomtesse de Belsunce à rapporter la sienne à sa succession, voir dépérir tous les jours les effets substitués que de subir à l'amiable une forme qui n'est rien, ayant depuis dix-huit mois un conseil ! Voilà les objets qui doivent le faire mourir de douleur et non ce qu'on veut faire pour réparer, autant qu'il est possible, la suite de trente ans de mauvaise administration.

« M. le Lieutenant civil est touché avec raison de l'état de M. d'Épinay ; mais s'il voyait sa femme à qui vingt ans de malheur ont occasionné une maladie incurable, douloureuse et mortelle, qui est retenue au lit depuis cinq ans, peut-être en réfléchissant sur sa situation, la trouverait-il plus à plaindre. Malgré ses maux et ses souffrances, elle a dû faire ce dernier effort pour ses enfants et pour M. d'Épinay lui-même, elle a dû demander son interdiction. Si elle ne l'obtient pas, elle sera forcée de ne plus voir M. d'Épinay dont la présence déchire son âme sans qu'il soit en pouvoir de le secourir. Elle craindra sans cesse d'apprendre qu'il vient d'être arrêté, le sort qui attend ses enfants et ses petits-enfants sera son supplice journalier et ce tableau qu'elle a sans cesse devant les yeux la conduira au tombeau de la manière la plus désespérante. Voilà ce qu'il serait temps que M. d'Epinay voulût voir et ce que nous désirons tous qu'il sente aussi vivement que nous (1). »

M. d'Épinay ne pouvait plus dès lors se faire aucune illusion et son interdiction devenait inévitable. Il parut se résigner et accepter son triste sort sans autres récriminations. Toutefois il ne

(1) Archives nationales, Y, 5o34.

voulut pas se soumettre sans compensations, et ces compensations, il les stipula le 5 août, tant pour lui que pour M^llo Rainteau d'Orgemont, en ces termes :

« Par déférence pour Mme d'Épinay, ma femme, et pour ma famille, pour faciliter à mes créanciers.... le payement de leurs dettes sur mes revenus, dans le délai de trois à quatre années, comme la plus considérable partie l'ont consenti et souscript, préalablement pris sur mesdits revenus la somme de dix mille livres par année qui m'a été accordée par arrêt du Parlement du 11 avril 1777 pour ma subsistance, mon entretien, mes chevaux, équipages et mes domestiques et pour me procurer ma tranquillité que l'embarras de mes affaires m'a enlevée, je consens volontairement à mon interdiction et qu'il me soit créé pour curateur la personne qu'il plaira à ma famille et à justice de me nommer, mais à condition que le curateur tel qu'il sera ne pourra rien faire ni signer concernant ma curatelle que de l'avis par écrit et conseil de M. Pinon du Coudray, secrétaire du Roi, lequel je désigne pour cela et que je sais être agréable en cette qualité à ma famille, à condition encor que mon curateur, toujours sous l'assistance et conseil dudit sieur Pinon du Coudray, sera autorisé à faire et souscrire l'arrangemènt proposé et convenu avec presque l'universalité de mes créanciers à les payer sur mes revenus, préalablement prélevée sur iceux la somme de dix mille livres pour ma pension que je toucherai de quartier en quartier sur ma seule quittance du séquestre de mes revenus, que je continuerai, suivant mes conventions et conditions sous lesquelles j'ai consenti à prendre M. d'Auteuil pour premier conseil, lesquelles conditions et conventions ont été réitérées avec M. Pinon du Coudray que j'ai substitué à M. d'Auteuil pour conseil.... que je resterai en possession de mon mobilier, de mon logement et pourai me déloger et loger quand je voudrai en n'engageant pour cet effet que mon mobilier corporel et à faire avec la demoiselle Rainteau, dame d'Orgemont, les actes nécessaires 1° pour échanger l'usufruit d'une maison rue Ville-l'Evêque qu'elle avait achetée conjointement avec la demoiselle Rainteau de Furcy, sa sœur, actuellement décédée, de laquelle maison j'ai acheté la propriété, contre celui d'une maison rue Verte qu'elle a acquise,

lequel usufruit elle m'avait promis de m'abandonner, moyennant des constructions que j'y
ferais et que je payerais, partie des-quelles constructions à ma charge ne sont point payées;
2° pour constater que je dois à ladite dame d'Orgemont, pour valeur de ces échanges et pour
toutes les sommes qui ont passé par mes mains
qu'elle m'a remises pour payer l'édification de
cette maison rue Verte, même celles qu'elle
s'est obligée ou a été condamnée de payer aux
ouvriers jusqu'à présent à mon acquit, la
somme de 3594 livres dont elle sera payée concurremment avec mes autres créanciers ou annuellement après eux, si elle veut y consentir, même
à m'obliger envers elle au payement de ce qu'elle
pourrait être encore dans le cas de payer à autres
ouvriers, portés sur mon état de créanciers si ils
se croyaient en droit de l'y contraindre, sur mes
revenus comme je les y ai employé et ce au-dit cas
en leur lieu et place; 3° à lui passer contrat de
constitution, conjointement avec mes enfants, de
mille livres de rente, pour vingt mille qu'elle a
fournis pour payer des ouvrages par moi faits
aux biens que je possède, à eux substitués, et qui

sont à la charge des appelés à recueillir les-dits biens ; 4° et enfin à lui passer obligation de 30,000 livres qu'elle a promis de me prêter pour faciliter le payement de mes créanciers si elle persiste, comme je le présume, dans la volonté de me faire ce prêt, pour être par moi cette somme rendue et payée à ladite dame sur mes revenus concurremment avec mes autres créanciers ou annuellement après eux sur mes-dits revenus.

« Me réservant, après l'entier payement de mes dettes, de demander, si je le juge à propos, la levée de cette interdiction que je consens volontiers, comme je viens de le dire (1).

« La Live d'Épinay ».

Mᵐᵉ d'Épinay ne pouvait raisonnablement adhérer à de telles conditions et elle insista pour que la procédure fût ouverte. M. Angran d'Alleray avait inutilement tenté tous les moyens de conciliation, il dut donc accéder à son désir.

Le 11 août, le procès s'entama, comme il était l'usage, par une requête de Mᵐᵉ d'Épinay au Lieutenant civil où se trouvaient résumés les

(1) Archives nationales, Y, 5034.

causes et motifs de l'interdiction sollicitée et qui se terminait ainsi :

« Ce considéré, Monsieur, il vous plaise permettre à la suppliante de faire assigner par devant vous, Monsieur, en votre hôtel les parents et amis dudit sieur La Live d'Épinay, son mari, pour donner leur avis sur l'interdiction qu'elle estime nécessaire de prononcer dudit sieur La Live d'Épinay et sur la nomination d'un curateur à son interdiction pour régir et gouverner et administrer ses personnes et biens ès-mains duquel en conséquence seront remis les titres et baux des biens dont il a droit de jouir en s'en chargeant sur l'inventaire ou état qui en sera dressé pour toucher et recevoir sur ses quittances, les revenus dudit sieur La Live d'Épinay, et faire faire aux biens dont il jouit, les réparations usufruitières qui se trouveront nécessaires, et fournir aux pensions, nourriture et entretien dudit sieur La Live d'Épinay, jusqu'à concurrence de 10,000 livres par an à lui accordée par ledit arrêt du 11 avril dernier ou de telle et plus grande somme qu'il parviendra à obtenir des créanciers dudit sieur de La Live d'Épinay dont il sera autorisé de provoquer l'assemblée à la charge par le curateur de rendre compte du tout, quand et à qui il appartiendra et vous ferez justice. »

Au bas de la requête, M. Angran d'Alleray écrivit : « Soient les parents et amis assemblés au premier jour, trois heures de relevée, en notre hôtel. Fait ce 11 août 1777. ANGRAN (1). »

L'audition des parents et amis de M. d'Épinay eut lieu deux jours plus tard. Ils appuyèrent tous la demande d'interdiction. Leurs noms nous ont été conservés ; c'étaient : MM. Alexis-Janvier de La Live de la Briche, frère de M. d'Épinay ; Claude-Constant-César de Houdetot, beau-frère ; Joseph-Christophe de La Live de Pailly, seigneur de Sucy, brigadier des armées du Roi, cousin germain ; Philogène Hénet, contrôleur général de la Caisse des amortissements, cousin ; Jean-Baptiste Prieur, commissaire ordinaire des guerres, cousin ; Marie-Pierre-Alexis Margaine, maire perpétuel de Sainte-Menehould, aussi cousin ; et Pierre Pinon du Coudray, avocat en parlement, secrétaire du Roi, conseil judiciaire. Le 16 août, Mme d'Épinay crut devoir faire un nouvel appel à la bienveillance

(1) Archives nationales, Y, 5034.

du Lieutenant civil par une lettre de sollicitation :

« Monsieur,

Lorsque ma requête vous a été présentée, j'étais hors d'état même de dicter la lettre que j'ai l'honneur de vous écrire aujourd'hui. Par la charge imposante que vous occupez, Monsieur, vous avez l'avantage d'être le protecteur des faibles, et par conséquent des femmes et des enfants ; il est de mon devoir de veiller aux intérêts des miens. Il est bien prouvé que je n'en ai aucun personnel ni pour le présent ni pour l'avenir à demander l'interdiction de M. d'Épinay, c'est ce qui me donne le courage de la solliciter auprès de vous, et de réclamer votre protection. Nous n'avons d'autre but dans cette interdiction que de parvenir à faire honneur aux affaires de mon mari et de tirer mes enfants d'une alternative désolante qui est de se ruiner en acquittant les dettes de leur père ou de le laisser mourir banqueroutier. Un conseil ne peut pas l'empêcher de disposer de ses revenus, la preuve en est que depuis deux ans que vous lui en avez nommé un, Monsieur, il n'y en a peut-être pas eu deux mille francs employés à l'acquit de ses dettes ; ce qui a été payé d'un côté est dû de l'autre, par les sommes empruntées à cet effet. Un conseil ne peut pas le forcer aux réparations locatives des biens substitués, qui faute d'être faites à temps, deviennent au bout de quelques années de grosses réparations et tombent à la charge de la substitution. Enfin, Monsieur, vous savez que M. Le Pot d'Auteuil a renoncé lui-même à être conseil; si vous voulez l'interroger il vous en dira plus que je ne me permettrai de vous en écrire. M. Pinon du Coudray a entre les mains des preuves qu'il doit vous avoir communiquées et que, par ménagement pour M. d'Epinay nous n'avons pas voulu énoncer dans la requête, mais qui certainement vous ont été mises sous les yeux, et rien ne prouve mieux ses dispositions et la nécessité de notre demande que la requête de M. d'Épinay lui-même et l'aveuglement où il est sur sa conduite passée et sur la nature des engagements qu'il a contractés; puisqu'il ne les trouve ni onéreux ni répréhensibles, il est bien clair qu'il ne changera pas de conduite.

« J'ai le regret de ne pouvoir aller moi-même vous assurer de la haute considération avec laquelle j'ai l'honneur d'être, monsieur, votre très-humble et très obéissante servante.

D'ESCLAVELLES D'ÉPINAY (1) »

Deux jours après, M. d'Epinay comparut à son tour devant le Lieutenant civil et balbutia une sorte de défense. Certes la conduite de cet homme était injustifiable. L'interdiction dont il était menacé, il l'avait provoquée lui-même par sa conduite insensée ; le laisser continuer plus longtemps sa vie de prodigalités eût été, de la part d'un magistrat surtout, le comble de la déraison, et pourtant le Lieutenant civil hésitait à se prononcer. Un combat se livrait en lui-même entre ses devoirs et la profonde pitié que lui inspirait ce père de famille dégradé.

De jour en jour il remettait sa décision, prétextant d'autres occupations plus pressantes, espérant on ne sait trop quoi, si bien qu'un mois s'écoula presque en atermoiements, et en recherches d'une solution impossible à trouver.

(1) Archives nationales, Y, 5034. La signature seulement est autographe. La lettre paraît avoir été écrite par une femme. La réforme orthographique proposée par Voltaire (*ai*, au lieu d'*oi*) y est adoptée.

Mme d'Epinay supportait ces retards avec une impatience facile à concevoir. Elle soutenait et avec grande raison que par l'interdiction seulement on parviendrait à sauver ce qui restait à sauver. Donc c'était l'interdiction qu'elle demandait encore à M. Angran d'Alleray, avec une extrême insistance, le 10 septembre :

« Mon état m'empêche, Monsieur, d'avoir l'honneur de vous faire ma cour et de solliciter notre jugement auprès de vous. J'ose vous supplier de vouloir bien rapporter dès demain, s'il est possible, notre affaire à la chambre du conseil. Chaque jour de délai augmente les frais énormes que font les créanciers de M. d'Epinay. Mme de Belsunce (1) et mon beau-frère (2) m'ont rendu compte hier de la conversation qu'ils ont eu l'honneur d'avoir avec vous. Qu'il me soit permis de vous dire, Monsieur, que le parti que vous avez proposé pour éviter l'interdiction ne remédie en rien à la position déplorable où est M. d'Epinay et dont il faut le tirer, puisque les créanciers resteraient dans

(1) Sa fille.
(2) M. de La Live de la Briche.

tous leurs droits et ne manqueraient pas d'en user avec rigueur parce que rien ne pourrait les en empêcher, au lieu que par l'interdiction nous serons absolument les maîtres de leur imposer des conditions et des termes qu'ils seront trop heureux d'accepter, puisque si M. d'Epinay venait à manquer, il mourrait-insolvable. C'est son honneur, c'est celui de toute sa famille que nous vous demandons tous, Monsieur, en vous demandant son interdiction. Nous n'avons rien avancé dont la preuve ne soit au procès, mais enfin telle que puisse être votre opinion, nous vous demandons en grâce de vouloir bien porter promptement cette affaire à la chambre du conseil et nous tirer de la perplexité affreuse où nous sommes tous. Vous êtes touché avec juste raison, Monsieur, de l'état de M. d'Epinay, mais si vous me fesiez l'honneur de me venir voir et que vous fussiez témoin des souffrances qui sont la suite de vingt ans de chagrins, obligée de prendre chaque jour une dose d'opium pour être en état de vaquer à mes affaires, je crois, Monsieur, que vous penseriez que si le personnel doit entrer pour quelque chose dans la décision de cette affaire, le mien peut mériter quelque attention de votre part et quelques égards.

« J'ai l'honneur d'être très parfaitement, Monsieur, votre très humble et obéissante servante.

« D'ESCLAVELLES D'ÉPINAY.

« J'espère que vous voudrez bien me faire dire le jour que vous prononcerez notre jugement. Je réitère la demande de l'obtenir le plus promptement possible (1). »

De son côté M. d'Epinay n'était pas moins désireux d'une solution. Il avait fini par comprendre que l'état critique de ses affaires nécessitait absolument l'interdiction et il la demandait expressément.

Elle fut enfin prononcée le 18 septembre 1777. Dix mille livres de pension annuelle furent accordées à l'ancien fermier général pour nourriture, entretien et domestiques. On le laissa en possession des effets, meubles, linge et hardes à son usage se trouvant dans sa maison de la rue des Saussayes où il continua à résider, et on lui nomma pour curateur et pour conseil judi-

(1) Archives nationales, Y, 5o34. La signature seulement est autographe.

ciaire MM. Antoine Joly et Pinon du Coudray (1).

Quatre ans après ce triste procès, au mois de décembre 1781, M. d'Epinay fut attaqué d'une maladie grave, bientôt jugée mortelle. A cette nouvelle, Mme d'Epinay, redoutant les déprédations présumables de Mlle Rainteau d'Orgemont, se fit transporter, malade elle-même, chez un commissaire au Châtelet et lui dicta la déclaration suivante :

« L'an 1781, le vendredi 14 décembre, heure de trois de relevée en notre hôtel et par devant nous François Sirebeau, commissaire au Châtelet, est comparue demoiselle Louise-Florence-Pétronille Tardieu d'Esclavelles, épouse de Messire Denis-Joseph de La Live, seigneur d'Epinay et autres lieux, non commune en biens avec lui, mais créancière de sommes considérables dudit sieur d'Epinay, son mari, demeurant à Paris rue de la Chaussée d'Antin. Laquelle nous a dit et déclaré que ledit sieur La Live d'Epinay, son mari, est actuellement attaqué d'une maladie dangereuse et de laquelle il peut décéder incessamment et comme

(1) Archives nationales, Y, 5034.

elle vient de le dire, elle est créancière de sommes
considérables qu'elle se réserve de déduire, elle
requiert en cas de décès dudit sieur son mari que
nous nous transportions à l'instant en sa demeure
rue des Saussayes, faubourg Saint-Honoré, à
l'effet par nous d'apposer scellé du sceau de nos
armes sur les biens meubles, effets, titres, papiers
et généralement sur tous coffres, commodes
et armoires qui renfermeront des effets de la
succession dudit sieur son mari, de faire une
description sommaire de ce qui pourra être compris sous nos scellés, de laisser le tout en bonne
et sûre garde, comme en celle du sieur Delory,
valet de chambre dudit sieur son mari. Requérant
en outre ladite dame comparante qu'en cas d'apposition de nos dits scellés à Paris, nous nous
transportions immédiatement après icelle au château de la Chevrette (1), près Saint-Denis, à l'effet
d'apposer par suite nos dits scellés sur le chartrier
où sont les papiers concernant les propriétés des
terres de la Chevrette, Deuil et Epinay et autres
y relatifs, comme aussi d'apposer les scellés en la

(1) Le château de la Chevrette était alors loué au duc de
l'Infantado.

maison de l'Ermitage, sise près la Chevrette, de laisser pareillement lesdits scellés en bonne et sûre garde, le tout à la conservation des droits d'elle comparante et de tous autres qu'il appartiendra. Signé : D'ESCLAVELLES D'ÉPINAY » (1).

Deux mois plus tard, le 15 février 1782, M. d'Epinay mourut en sa maison de la rue des Saussayes. Le surlendemain il fut inhumé dans l'église d'Epinay où reposaient déjà son père et sa mère.

Si les documents retrouvés aux Archives nationales ne nous donnent pas le chiffre exact des sommes recueillies par Mme d'Epinay ou ses enfants dans ce qui restait de la fortune du dissipateur, ils nous montrent en revanche Mlle Rainteau d'Orgemont qu'il avait, à la lettre, gorgée d'or, se portant créancière de sa succession pour 64,000 livres dont elle fut intégralement payée (2).

(1) Archives nationales, Y, 15681.

(2) L'acte signifié par elle aux héritiers contenait de plus une réserve pour des réclamations ultérieures. La succession de son côté, exerça sur cette créature quelques revendications et lui fit restituer un clavecin peint en gris à filets dorés, huit plats d'entremets de cuivre, doublés d'argent à culs noirs, sans armoiries, cinq cents bouteilles ou demi-bouteilles de vin de St-André et de Perpignan et un certain nombre de cuillères à café. Le procès-verbal d'apposition

Mlle d'Orgemont n'occupait plus à cette époque son petit hôtel de la Chaussée-d'Antin. Elle demeurait, probablement depuis 1775, date du décès de Mlle Rainteau de Furcy, sa sœur, dans une maison de la rue du Faubourg-St-Honoré, acquise à son intention par M. d'Epinay. Elle possédait en outre une maison de campagne près de Gonesse (Seine-et-Oise).

des scellés chez M. d'Epinay nous donne la liste de ses créanciers, marchands, entrepreneurs, etc., parmi lesquels on trouve le sieur Charles Alexandre, contrôleur de l'Académie Royale de Musique, réclamant 750 livres dues par le défunt pour location de loge à l'Opéra. On y voit aussi figurer un sieur Richard, mécanicien et facteur d'instruments, demeurant rue de Richelieu, à la Bibliothèque du Roi, lequel en apprenant la mort de M. d'Epinay, s'empressa de venir déclarer que l'ancien fermier général lui avait confié pour la réparer une pendule, véritable objet d'art, décrite dans le procès-verbal en ces termes : « Une pendule, qui est du nom de Thiout, à Paris, marquant les heures et minutes, carillonnant douze différents airs et jouant douze autres airs d'orgue à chaque heure et ornée au-dessus d'un pot-pourri d'ancien Japon et de six groupes en figures de Saxe et aussi de baromètre et thermomètre, le tout sur un socle avec ornements de cuivre ciselé et doré. » (Archives nationales, Y, 15,681). On appelait, au siècle dernier, pot-pourri un vase plus ou moins précieux renfermant diverses sortes de fleurs et d'herbes odoriférantes mêlées ensemble avec des aromates et servant à parfumer une chambre.

Peu après la mort de son mari, Mme d'Epinay, sentant la vie l'abandonner, rédigea son testament. Ce document, daté du 11 septembre 1782 et accompagné de deux codicilles du 27 septembre de la même année et du 30 janvier 1783, est un précieux témoignage de l'excellent cœur, du sens droit et de l'esprit de justice qui caractérisaient cette femme remarquable.

Le 15 avril 1783, trois mois après avoir dicté son dernier codicille, elle expira à Paris, en son hôtel, rue de la Chaussée-d'Antin (1), et fut inhumée deux jours plus tard dans le cimetière de Sainte-Marie-Madeleine de la Ville-l'Évêque, sa paroisse.

On lit dans la *Correspondance littéraire* un très intéressant éloge de Mme d'Épinay. Voici en quels termes il est parlé d'une manière saisissante des dernières années de cette existence si malheureuse (2). « On l'a vue dix ans de suite accablée des

_____

(1) Elle passait les étés à Chaillot dans une petite maison des champs, située rue des Batailles, n° 5, appartenant à un sieur Curmer-Neilson, marchand drapier à Paris, et louée par bail 3,000 fr. par an (Archives nationales, Y, 15089. Voir à l'*Appendice* le document coté VII.)

(2) Les éditions de la *Correspondance littéraire* antérieures à celles de M. Maurice Tourneux attribuaient ces

maux les plus douloureux ne supporter la vie qu'à force d'opium, mourir et ressusciter vingt fois sans cesse de mettre à profit les intervalles où ce cruel état la laissait respirer pour remplir tous les devoirs de la tendresse maternelle et tous ceux de l'amitié la plus empressée et la plus active. Au milieu des tourments d'une existence aussi frêle que pénible, on l'a vue conduire elle-même ses propres affaires et celles de ses enfants, rendre service à tous ceux qui avaient le bonheur de l'approcher, s'intéresser vivement à tout ce qui se passait autour d'elle dans le monde des arts et de la littérature, élever sa petite-fille (1) comme si c'eût été l'unique soin de sa vie entière, écrire un des meilleurs ouvrages qui aient encore paru à l'usage de l'enfance (2), faire de la tapisserie, des nœuds, des chansons, recevoir ses amis, leur écrire et ne pas manquer un seul jour de faire une toilette aussi soignée que son âge et l'état de sa santé pouvaient le permettre. On eût dit que se

lignes à Grimm. M. Tourneux, dans son savant travail, les a restituées à Meister, qui en est l'auteur.

(1) Mademoiselle de Belsunce.
(2) *Les Conversations d'Émilie.*

sentant mourir tous les jours elle avait pris à tâche de dérober à la mort une partie de sa proie; c'était une étincelle de vie que l'occupation continuelle de ses sentiments et de ses pensées ne cessait d'agiter et de nourrir. »

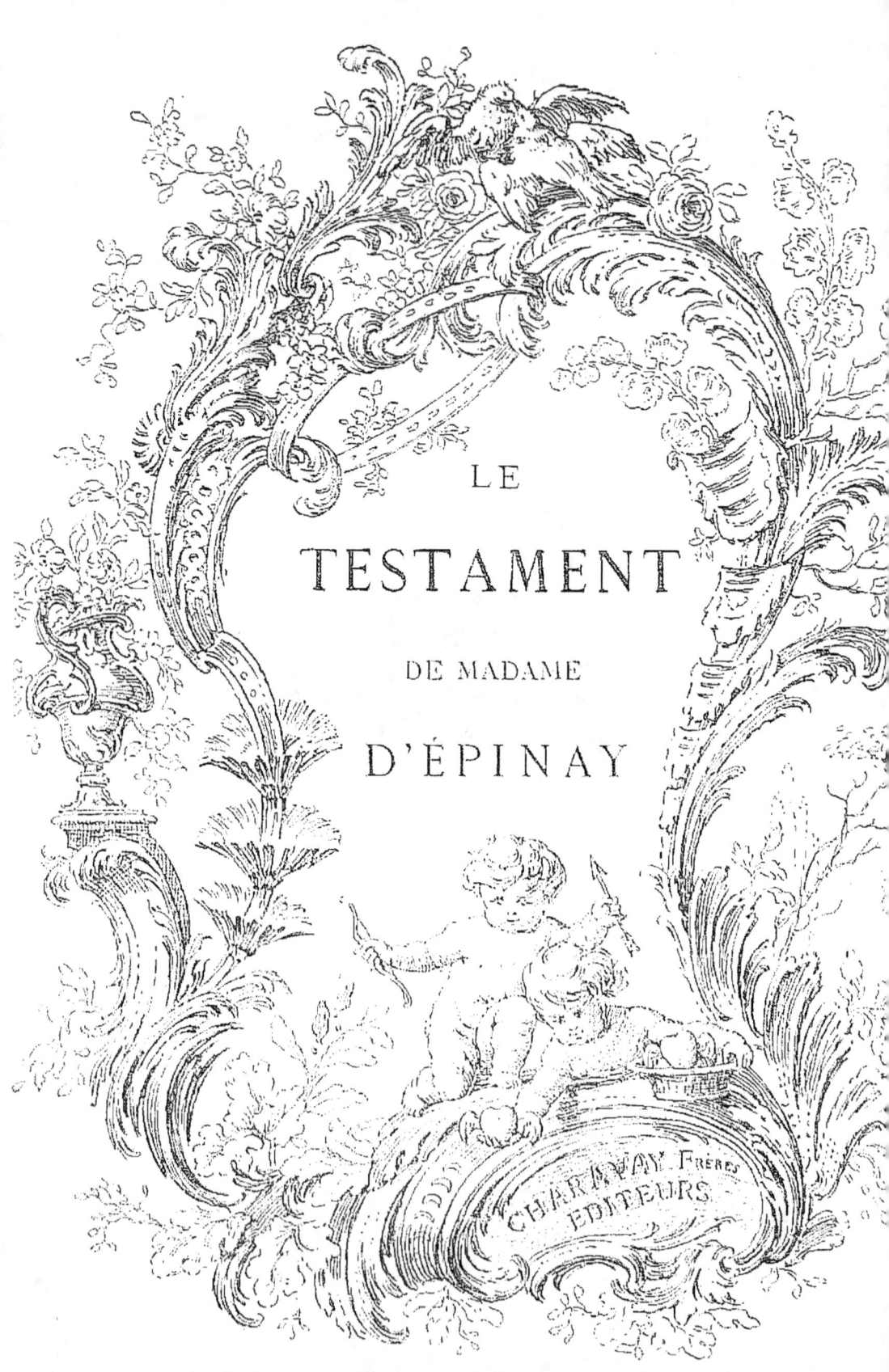

LE
TESTAMENT
DE MADAME
D'ÉPINAY

CHARAVAY FRÈRES
ÉDITEURS

TESTAMENT

DE MADAME D'ÉPINAY

« Par-devant les conseillers du Roi, notaires au Châtelet de Paris, soussignés, fut présente dame Louise-Florence-Pétronille Tardieu d'Esclavelles, veuve de messire Denis-Joseph La Live, écuyer, seigneur d'Épinay et ancien fermier général de Sa Majesté, demeurant à Chaillot, faubourg de la conférence, dans une maison, sise audit Chaillot, rue des Batailles et numérotée 5, ladite dame d'Épinay trouvée par les notaires soussignés dans une pièce du premier étage dépendante de ladite maison, ayant vue sur la rue des Batailles et sur la cour et étant à l'extrémité de l'aile de ladite maison qui est à droite en entrant, étant ladite dame d'Épinay en bonne santé de corps, aussi saine d'esprit, de corps et entendement, ainsi qu'il est apparu aux notaires soussignés par ses discours. Laquelle, dans la vue de la mort, a fait et dicté auxdits notaires soussignés, son testament ainsi qu'il suit :

Je veux être enterrée sur la paroisse où je mourrai (1) et qu'il ne soit pas employé pour mes frais funéraires au delà de 3oo livres. Je prie mes enfants de se dispenser de draper leurs appartements après mon décès.

Je donne et lègue la somme de 15o livres, une fois payée, aux pauvres de la paroisse en laquelle je décéderai, qui seront remises, trois mois au plus tard après mon décès, au curé de ladite paroisse (2)

(1) Mme d'Épinay, comme on l'a vu plus haut, mourut à Paris rue de la Chaussée-d'Antin; et fut enterrée dans le cimetière de la Madeleine de la Ville-l'Évêque, sa paroisse.

(2) A l'époque du décès de Mme d'Épinay, le curé de la

pour en faire la distribution, suivant sa prudence, aux pauvres les plus nécessiteux.

Je veux, que si la terre d'Épinay (1) appartient à mes enfants lors de mon décès, il soit prélevé sur mes biens la somme de 1,000 livres qui sera placée en rentes sur le Roi ou sur des emprunts publics autorisés, dont les arrérages seront touchés par ledit curé et ses successeurs pour être employés ainsi qu'il le jugeront à propos à aider ceux qui contribueront à l'instruction et au soulagement des pauvres et des malades de ladite paroisse d'Épinay.

Je donne et lègue aux pauvres de la paroisse de Deuil (2), dans le cas seulement où cette terre appartiendrait à mes enfants lors de mon décès, la somme de 300 livres une fois payée, qui sera re-

Madeleine de la Ville-l'Évêque se nommait M. Michel Leber; il était en fonctions depuis l'année 1778.

(1) Département de la Seine, arrondissement de Saint-Denis. M. de la Live de Bellegarde, beau-père de Mme d'Épinay, avait acquis en 1741 la terre et seigneurie d'Épinay des héritiers du marquis de Beauvau.

(2) Département de Seine-et-Oise, arrondissement de Pontoise, canton de Montmorency. Le château de la Chevrette était une dépendance de Deuil.

mise au curé de ladite paroisse pour en faire la distribution aux pauvres les plus nécessiteux, suivant sa prudence.

Si l'une ou l'autre desdites terres d'Épinay ou de Deuil se trouvaient en des mains étrangères au jour de mon décès, je prie mon exécuteur testamentaire de faire recherche de deux familles honnêtes, mais dans la détresse, pour remettre à l'une d'elles seulement la somme de 300 livres, dans le cas où il n'y aurait plus qu'une desdites deux terres qui ne serait plus dans ma famille, et à chacune d'elles une pareille somme de 300 livres si lesdites deux terres n'étaient plus alors possédées par l'un de mes enfants.

Je donne et lègue à chacun des domestiques hommes et femmes qui se trouveront à mon service à mon décès, sans exception de ceux à qui je pourrais faire des legs particuliers, autant de fois 30 livres de rente et pension viagère qu'ils auront été d'années à mon service; en sorte que celui qui aura resté un an aura 30 livres, celui qui sera resté deux ans 60 livres et ainsi de suite, laissant néanmoins la liberté à mes héritiers de rembourser sur le pied de 10 p. 100 les rentes viagères de ceux qui n'ont pas été à mon service plus de trois années.

Je veux que l'année commencée lors de mon décès soit regardée comme révolue pour la fixation desdites rentes viagères.

Je veux que toutes les rentes et pensions viagères par moi dessus léguées soient exactement payées à mes légataires de trois mois en trois mois, ou d'année en année, à leur choix, à compter du jour de mon décès, que lesdites rentes soient exemptes de toutes retenues d'impositions établies ou à établir dans quelque dénomination que ce soit, et que les arrréages desdites rentes ne puissent être saisis ni arrêtés par aucun créancier desdits légataires, ni par eux transportés d'avance, les destinant à leur nourriture et entretien, pourquoi je veux qu'en cas de retard dans le paiement desdits arrérages, soit de trois mois en trois mois, soit d'année en année, au choix desdits légataires, ils puissent demander à mes légataires susdits, ci-après nommés, ou à leurs représentants, les intérêts des arrérages dont le paiement aura été arriéré, sans être tenus d'en former la demande en justice.

Je donne et lègue au nommé Roland Girbal (1), qui a été mon domestique pendant cinq ans, une somme de 5 louis une fois payée, en reconnaissance de l'attachement qu'il m'a toujours marqué depuis.

Ayant donné une retraite au nommé Chatillon, ci-devant mon portier, pour récompense de 43 ans de bons et fidèles services, je lui donne et lègue, s'il me survit, une rente et pension viagère de 700 livres, exempte de toutes retenues d'impositions présentes ou futures et non saisissable ni cessible, comme les autres rentes viagères que j'ai ci-dessus léguées et avec les mêmes avantages; et si cette

(1) M. Maurice Tourneux, le savant éditeur de la *Correspondance littéraire*, veut bien m'apprendre que ce personnage était un copiste habile qu'employaient volontiers Grimm et Diderot. M. Tourneux possède quelques billets écrits par Diderot à Girbal, qui demeurait en 1781 chez un secrétaire du Roi, rue des Vieux-Augustins. L'un de ces billets porte l'adresse suivante : *M. Girbal, rue des Vieux-Augustins, la dernière porte cochère à gauche en entrant par la rue des Vieux-Augustins et non par la rue Montmartre.* « Girbal, ajoute M. Tourneux, était plus instruit que ses pareils, et Meister (ami, secrétaire et collaborateur de Grimm), a inséré dans la *Correspondance littéraire* une lettre de lui sur la réception faite à Necker par les Parisiens, au mois de septembre 1789, lettre à laquelle il prétend n'avoir pas changé un seul mot. »

rente et pension viagère ne suffisait pas pour le mettre au-dessus du besoin, attendu son état d'infirmité, j'enjoins expressément à mes enfants ou petits-enfants d'y suppléer. Je ne veux pas surtout qu'il finisse ses jours dans une maison de charité ; notre maison doit être pour lui la maison paternelle. Je prie mes enfants de garder Chatillon jusqu'à son dernier soupir.

Au moyen du legs que je viens de faire à Chatillon et attendu qu'il n'est plus même à mon service, il ne pourra demander autant de fois 30 livres de rente viagère qu'il a été d'années à mon service.

Je donne et lègue toute ma garde-robe, linge, dentelles, habits, chaussures, et autres effets la composant, aux femmes de chambre qui seront encore à mon service au jour de mon décès, pour la partager entre elles également. Je comprends sous cette dénomination de femme de chambre celle qui est particulièrement chargée du linge de la maison comme femme de charge. Je n'entends point comprendre dans le legs de ma garde-robe l'argenterie ni les bijoux qui en dépendent. Je n'entends point comprendre au nombre de mes domestiques les femmes de Mᵐᵉ Émilie (1), la gouvernante de ma petite fille d'Épinay (2), ni la femme de charge de M. le baron de Grimm (3),

(1) Marie-Renée-Thérèse-Émilie de Belsunce, fille d'Angélique-Charlotte-Louise de La Live, épouse du vicomte de Belsunce, et petite-fille de Mᵐᵉ d'Épinay, était alors chanoinesse du chapitre de Notre-Dame de Coyse en Largentière, diocèse de Lyon, département de l'Ardèche. Il fallait, pour être admis dans ce chapitre, faire preuve de huit degrés de noblesse paternelle et de trois degrés de noblesse maternelle. Les chanoinesses de Notre-Dame de Coyse portaient le titre de comtesse. Leur marque distinctive était une croix d'or émaillée, surmontée d'une couronne de comte, avec cette inscription d'un côté : *Notre-Dame de Coyse fondée en* 1273, et de l'autre : *Comtesses de Largentière.* Cette croix était attachée à un ruban vert que les dames portaient en écharpe et fixé sur l'épaule par des ganses à glands d'or. Postérieurement au décès de Mᵐᵉ d'Epinay, Mˡˡᵉ Emilie de Belsunce épousa le comte de Bueil.

(2) Louise d'Épinay, fille de Louis-Joseph de La Live d'Épinay et de Marie-Anne-Élisabeth de Boccard.

(3) Frédéric-Melchior Grimm, baron du Saint-Empire romain, chevalier, grand-croix de la seconde classe de l'ordre impérial de Saint-Wladimir, conseiller d'État de S. M. l'impératrice de toutes les Russies, ministre de la cour de Saxe-Gotha à Paris, né à Ratisbonne le 26 décembre 1723, mort en 1807. Il est aussi connu par son remarquable ouvrage *la Correspondance littéraire,* auquel collaborèrent plus d'une fois Diderot et Mᵐᵉ d'Épinay, que par la haine qu'il voua au malheureux Jean-Jacques Rousseau, dont il fut le persécuteur et le calomniateur. Dans ses *Confessions,*

quoi qu'elles reçoivent de moi des rétributions annuelles pour les services qu'elles me rendent; ainsi je n'entends pas qu'elles puissent rien prétendre dans le legs de rentes viagères que j'ai ci-devant fait à mes domestiques qui seraient à mon service lors de mon décès.

Je donne et lègue à Mlle Perrin, femme de chambre de Mme la comtesse Émilie de Belzunce, chanoinesse d'Argentières, 200 livres de pension exempte de toutes retenues présentes et futures, pour en jouir tant qu'elle restera au service de ma-dite petite-fille et que celle-ci continuera d'en être contente, n'entendant point que cette marque d'affection de ma part puisse la faire négliger de plaire à sa maîtresse ni obliger ma petite-fille à la garder contre sa volonté. Je n'entends point non plus que cette pension diminue les gages sous la condition desquels elle est entrée auprès de sa maîtresse, ni lui en tienne lieu en tout ou partie.

Rousseau s'est vengé de lui en le peignant tel qu'il était, c'est-à-dire comme un personnage au cœur sec, bouffi de vanité, pédant et singulièrement antipathique. Grimm logeait rue de la Chaussée-d'Antin, dans l'hôtel de Mme d'Épinay, et y occupait un appartement du prix de 1,700 livres soldé par la cour qu'il représentait à Paris.

Ladite pension cessera d'avoir lieu lorsque ladite demoiselle Perrin quittera sa maîtresse, à moins que ce ne soit par infirmité attestée et reconnue qui la mette hors d'état de servir, car dans ce dernier cas, ladite pension lui sera conservée sa vie durant, de même que si madite petite-fille Émilie de Belzunce venait à mourir ayant ladite demoiselle Perrin à son service. Je laisse à ladite demoiselle Perrin la liberté d'opter une somme de 2,400 livres une fois payée pour lui tenir lieu de ladite pension viagère, dans le cas seulement où sadite maîtresse viendrait à décéder l'ayant à son service.

Je donne et lègue à la demoiselle Dorléans, femme Jalabert, mon ancienne femme de chambre, quoi qu'elle ne soit plus à mon service, 200 livres de rente et pension viagère avec les mêmes avantages que les rentes ci-dessus laissées à mes domestiques. Je regarde ce legs comme un acte de justice, d'autant plus que ladite femme Jalabert était entrée à mon service sous cette condition.

Je donne et lègue à Mlle Sophie Hupé, fille de la gouvernante du même nom de Mme Emilie de Belzunce, une somme de 600 livres pour être employée à son établissement.

Je veux que la somme que je viens de léguer à ladite Sophie Hupé soit remise à sa mère, si elle est vivante à mon décès et si ladite Hupé est encore mineure ou n'est pas établie, sinon je veux que ladite somme soit remise à Sophie Hupé lors de son établissement ou à sa majorité.

Je donne et lègue à Mme la baronne d'Holbach (1), mon amie, mon tableau de Rembrandt représentant une tête de vieillard. Je tiens ce tableau du souvenir de feu M. le marquis de Croixmare (2), qui était notre ami commun. Je prie Mme la baronne d'Holbach de l'accepter comme une faible marque de mes sentiments pour elle et de la reconnaissance de ceux qu'elle a pour moi.

(1) Charlotte-Suzanne d'Aine, fille de Marius-Jean-Baptiste-Nicolas d'Aine, conseiller du roi au Grand-Conseil, associé externe de l'Académie des sciences et belles-lettres de Prusse, seconde femme de Paul Thiry, baron d'Holbach, secrétaire du Roi, morte en 1814. Son portrait au crayon par Carmontelle a figuré à l'Exposition universelle de 1878, au Trocadéro.

(2) Marc-Antoine-Nicolas, marquis de Croixmare, décédé le 3 août 1772 à Paris, rue Villedo. C'était un homme d'un goût délicat et un grand amateur de tableaux. Il est souvent question de lui dans les *Mémoires de Madame d'Épinay*, et notamment dans le tome II (édition Boiteau). Voir aussi sur lui la *Religieuse* de Diderot.

Je donne et lègue à Mme Sedaine (1) une table ronde et une table ployante de bois d'acajou. Je la prie de se rappeler quelquefois combien elle m'était chère.

(1) Suzanne-Charlotte Sériny, mariée le 4 avril 1767 à Michel-Jean Sedaine, auteur dramatique, membre de l'Académie française et secrétaire perpétuel de l'Académie d'architecture, né en 1719, mort en 1797. Mme Sedaine était fille de M. Seriny, avocat aux conseils du Roi, reçu en 1738 et décédé en 1761. On lit dans les *Mémoires de Bachaumont* (III, 219), à propos de son union avec l'auteur du *Philosophe sans le savoir*, les lignes suivantes : « 18 mai 1767. On parle du mariage de M. Sedaine avec des circonstances très romanesques. Il a épousé la fille d'un avocat au conseil, mort et la mère n'ayant jamais voulu consentir à cet hymen, l'amante a fait des sommations respectueuses. Mais le plus héroïque, c'est la façon dont elle a résisté aux offres séduisantes d'une ancienne inclination du poète-maçon. Cette femme se nommoit Mme Lecomte, espèce de bel-esprit femelle avec qui vivoit M. Sedaine. Celui-ci lui ayant déclaré son projet, Mme Lecomte pleure, sanglote, jure qu'elle en mourra. L'amoureux ne tient compte de ces menaces. Elle se retourne du côté de la demoiselle, va la trouver et lui demande en grâce de différer d'un an. Elle lui offre 50,000 livres si elle se rend à sa proposition. La jeune personne refuse et le mariage s'est fait. Mme Lecomte en est morte de chagrin peu de temps après. » Mme Lecomte, de son nom Claude-Marie Bonneau, veuve de Claude-François-Nicolas Lecomte, ancien lieutenant criminel au Châtelet de Paris, décéda en effet peu après le mariage de Sedaine, le 3 mai 1767, dans sa maison, rue de la Roquette, à Paris. Moins d'un mois avant

Je donne et lègue à M. le baron de Grimm, ministre de la cour de Saxe-Gotha, tous mes manuscrits comme une marque de ma confiance et de l'estime distinguée que j'ai toujours eue pour lui. Je le prie, s'il les juge dignes de l'impression, de vouloir bien les rédiger lui-même (1). Je le prie d'accepter mes deux groupes d'ivoire et mon petit tableau à gouache représentant un déjeuner. Je le prie encore d'accepter la tasse et la soucoupe de porcelaine que je tiens des bontés de S. A. S. Mgr le prince Henri de Prusse (2).

Je donne et lègue à Mlle de Valori (3), l'amie

le mariage du poète, elle lui avait fait don, par acte notarié, de la maison où elle mourut et où il habita après elle. C'est sur les dépendances de cette maison qu'a été ouverte, en partie, la rue qui porte aujourd'hui le nom de Sedaine. (Archives nationales, Y, 15623.)

(1) Grimm n'a publié aucun des manuscrits à lui légués par Mme d'Épinay, qui a fait paraître de son vivant : *Mes Moments heureux*, Genève, 1758; *Lettres et Portraits*, 1759; *Lettres à mon fils*, 1759, et les *Conversations d'Émilie*, ouvrage dont il sera parlé plus loin. Les *Mémoires de Madame d'Épinay* ne parurent qu'en 1817, dix ans après la mort de Grimm.

(2) Frère du roi de Prusse Frédéric II. Il mourut en 1802.

(3) Jeanne-Louise-Caroline de Valori, morte le 25 mars 1788 à Paris, rue Saint-Honoré. Elle était la nièce de ce

et la compagne de mon enfance, ma tabatière de sanguine montée en or et de forme ovale. Je me recommande à son souvenir.

Je donne et lègue à ma nièce, Mme de La Prévalaye, ma tabatière d'ivoire, doublée d'écaille et montée en or, comme une légère marque de ma tendresse pour elle.

Je donne et lègue à mon élève, mon neveu et mon filleul Geoffrion de Merville, un diamant de vingt louis. On lui remettra le prix, ou il le choisira à son goût.

Je donne et lègue à Mme de Vandeuil, fille de M. Diderot (1), une bague de cornaline antique,

chevalier de Valori dont il est bien souvent question dans les *Mémoires de Madame d'Épinay* et qui fut l'ami de Mlle d'Ette, personne équivoque dont il est également parlé nombre de fois dans le même ouvrage. Cette demoiselle s'appelait de son vrai nom Marie-Louise-Philippine Leducq d'Ette, était née à Valenciennes (Nord) et mourut le 24 mars 1785 rue Neuve-du-Luxembourg, n° 24.

(1) Marie-Angélique, fille de Denis Diderot et d'Anne-Antoinette Champion, mariée à Abel-François-Nicolas Caroilhon de Vandeuil, écuyer, trésorier de France, morte à Paris le 8 mars 1824, à l'âge de 71 ans. On lui doit une *Notice* sur Diderot, son père, réimprimée en 1841 dans le second volume des *Lettres à Mademoiselle Volland*, publiées chez les frères Garnier. Ces lettres, si intéressantes pour

représentant une tête de Pallas. Je la prie de re-regarder ce simple don comme un souvenir d'a-mitié.

Je donne et lègue à M. de Villiers (1) le portrait en miniature de M. Tronchin (2), et mon estampe

l'histoire intime de Diderot, renferment des détails précieux sur la jeunesse de sa fille et sur sa femme, dont le caractère, aigri par la jalousie, était devenu un peu épineux. (Voir, à l'*Appendice*, les documents cotés II et IV.) Quant à Mⁱⁱᵉ Volland, l'amie du philosophe, on sait peu de chose sur sa personne. Je donnerai ici les quelques renseignements que j'ai pu trouver sur elle. Elle se nommait Louise-Henriette et non Sophie; elle demeurait rue Montmartre, vis-à-vis la rue de la Jussienne, et c'est là qu'elle décéda, le 22 février 1784, cinq mois avant Diderot, auquel elle légua, par son testament, daté du 20 juin 1772, sept volumes des *Essais* de Montaigne, reliés en maroquin rouge, et une bague qu'elle appelait sa *Pauline*. (Archives nationales, Y, 77, f° 167.)

(1) Lisez : de Villière. Isaac-Laurent Lecourt de Villière, secrétaire de la légation de Saxe-Gotha. C'est à lui que Grimm laissa, en quittant Paris, le manuscrit des *Mémoires de Madame d'Épinay*, vendu par ses héritiers, en 1817, à M. Brunet.

(2) Je ne pense pas qu'il s'agisse du célèbre médecin Tronchin, dont Mᵐᵉ d'Épinay eût très probablement fait précéder le nom de son titre de docteur, ainsi qu'elle l'a écrit quelques lignes plus bas. Le personnage désigné ici est peut-être François-Louis Tronchin, secrétaire des commandements du duc d'Orléans, décédé le 29 mai 1784 à Chaillot.

anglaise à la manière de crayon rouge représentant une tête de femme. Je le prie de recevoir ici le témoignage de la reconnaissance que m'ont toujours inspirée ses procédés à mon égard.

Je donne et lègue à Mme de La Live, ma belle-sœur (1), la bonne et tendre amie de mon cœur,

(1) Marie-Louise-Joséphine de Nettine, mariée le 1er août 1762 à Ange-Laurent de La Live de Jully, introducteur des ambassadeurs, honoraire amateur de l'Académie de peinture et sculpture, né en 1725, mort vers 1775. M. La Live de Jully quand il épousa Mlle de Nettine était veuf de Louise-Élisabeth Chambon, avec laquelle il avait été marié, le 30 juin 1749, dans la chapelle du château de la Chevrette, et qu'il perdit le 22 novembre 1752. Il lui fit construire dans l'église Saint-Roch un monument funèbre sculpté par Falconet, d'après ses dessins, et dont il ne reste plus aujourd'hui qu'un médaillon représentant la défunte. Au bas de ce monument on lisait cette épitaphe latine composée par lui : « Æternæ memoriæ Ludovicæ-Elisabeth Chambon, quæ, dotibus eximiis conspicua, omnibus flebilis et deplancta, diem supremum obiit X Kalendas decembris 1752, ætatis 23, hunc tumulum in amaritudine animæ suæ, uxoris desideratissimæ, Angelus-Laurentinus La Live de Jully dicavit. » On trouvera dans les *Mémoires de Madame d'Épinay* et dans un excellent article du savant bibliothécaire de la ville de Paris, M. Jules Cousin (*Revue universelle des arts*, T. IX) l'intéressant récit des événements qui eurent lieu après la mort de la première Mme de Jully, du chagrin ressenti d'abord par son mari et des motifs de

quinze volumes de ma bibliothèque à son choix. Je la prie de conserver à mes enfants et petits-enfants les mêmes sentiments qu'elle avait pour moi ; je lui recommande spécialement Émilie. J'exhorte mes enfants à ne jamais se décider dans les occasions importantes sans avis et conseil de Mme de La Live en tout.

Je donne et lègue à ma chère belle-sœur, Mme la comtesse d'Houdetot (1) le buste de M. le docteur

consolation qu'il trouva dans la lecture de la correspondance intime de sa femme. Quant à la seconde épouse de M. de Jully, c'était une personne des plus recommandables, et, en en faisant l'éloge dans son testament, Mme d'Épinay n'était qu'un écho de la voix publique. Mlle de Nettine eut trois sœurs qui furent unies, l'une à M. de Laborde, seigneur de Méréville et marquis de Laborde, banquier de la cour ; l'autre à M. Micault d'Harvelay, garde du trésor royal, et la troisième à M. de Walkiers.

(1) Élisabeth-Françoise-Sophie de La Live de Bellegarde, née le 18 décembre 1730, mariée le 10 février 1748 à Claude-Constance-César d'Houdetot, marquis de Mailloc, lieutenant général des armées du roi, né le 5 août 1724, mort en 1806. Mme d'Houdetot mourut le 28 janvier 1813. Elle a été immortalisée par Jean-Jacques Rousseau dans ses *Confessions*, et fut l'amie dévouée du marquis de Saint-Lambert, officier de cavalerie et auteur du poème des *Saisons*. Mme d'Houdetot était une femme de beaucoup d'esprit et de goût. On lui doit plusieurs charmantes pièces de vers ; nous citerons surtout la suivante, composée

Tronchin (1) en terre cuite sculptée par M. Houdon et je la prie de l'accepter comme une légère marque de l'amitié que nous avons toujours eue l'une pour l'autre depuis notre enfance.

Le même motif m'engage à prier M. de la Briche (2), mon beau-frère, d'agréer le camée re-

en 1759, lors du départ de Saint-Lambert pour l'armée :

L'amant que j'adore,
Prêt à me quitter,
D'un moment encore
Voudroit profiter.
Félicité vaine
Qu'on ne peut saisir,
Trop près de la peine
Pour être un plaisir !

Diderot, dans ses *Lettres à Mademoiselle Volland* (I, 130), dit qu'elle lui récita un *Hymne aux tetons*, ouvrage « qui pétillait de feu, de chaleur, d'images et de volupté ». On ne sait ce qu'est devenu ce morceau poétique dont le titre est au moins bien singulier. Dans les notes que M. Paul Boiteau a placées à la fin du tome II de son édition des *Mémoires de Madame d'Épinay*, on trouve différentes poésies agréables de Mme d'Houdetot. Son portrait, peint par Fragonard, a figuré à l'Exposition universelle de 1878, au Trocadéro.

(1) Théodore Tronchin, premier médecin du duc d'Orléans, né en 1709, mort le 1er décembre 1781, à Paris, rue de Richelieu.

(2) Alexis-Janvier de La Live de la Briche, né le 13 février 1735, introducteur des ambassadeurs, ancien maître des requêtes de l'Hôtel et secrétaire des commandements

présentant un sacrifice à Esculape que je tiens de l'amitié de milord, vicomte de Stormont (1).

Je donne et lègue à ma chère belle fille d'Épinay, née de Boccard (2), mes deux beaux services damassés de 18 couverts chacun, plus mes provisions de mousseline rayée et unie, ainsi que mes perses en pièces et en robes non faites, comme non compris dans le linge de ma garde-robe. Je donne et lègue à mes petites-filles Louise d'Épinay et Rosalie d'Épinay, ma petite marmite d'argent, mes deux petites casserolles d'argent et mon réchaud à l'esprit-de-vin aussi de même métal (3).

Je donne et lègue à Mme. Emilie, comtesse

de la Reine, marié à Mlle Prévost, nièce d'un trésorier général de l'ordinaire des guerres.

(1) David Murray, vicomte de Stormont, pair d'Angleterre et ambassadeur en France en 1772, marié à Louisa Cathcart.

(2) Marie-Anne-Élisabeth de Boccard, fille de Pierre-Nicolas-Louis de Boccard, chevalier de Saint-Louis, ancien lieutenant au régiment des gardes-suisses au service de France, membre du grand conseil de la Ville et République de Fribourg et colonel du régiment des dragons du canton. Elle épousa en 1775 Louis-Joseph de La Live d'Épinay dont il a été longuement parlé dans la première partie de ce travail.

(3) L'argenterie de Mme d'Épinay, mise en vente après sa

de Belzunce, ma petite-fille, ma montre d'or unie
à répétition, garnie en diamants, et la chaîne ou
cordon pareil, plus tous les livres de piété de
ma bibliothèque et mon meuble complet de toile
de coutil (?). pour meubler son appartement à son
chapitre, mes deux services de toile de coton à
raies bleues, celui à raies rouges, quatre douzaines
de serviettes et quatre nappes de mon linge de
Suisse, quatre paires de draps à choisir dans mes
draps de maître, quatre paires de draps d'office,
quatre paires de draps de laquais et douze tabliers
de femme de chambre, le tout pour commencer à
monter son ménage dans sa maison de chapitre,
mes provisions de linon, de batiste, de basin bercat
et de toile neuve.

mort, produisit une somme de 6,009 livres, 2 sols, 9 deniers, ainsi que nous l'apprend le document suivant :

« Je soussigné, en qualité d'exécuteur testamentaire de
Mme de La Live d'Épinay, reconnais que M. de Villière m'a
remis la somme de 5,860 livres, 2 sols, 9 deniers faisant
avec 149 livres que redoit M. Gerardin pour Mme de Belsunce, la somme de 6,009 livres, 2 sols, 9 deniers formant le
montant de la vaisselle d'argent de Mme d'Épinay qui avait
été remise par son inventaire à M. le baron de Grimm qui
est et demeure chargé de ladite vaisselle d'argent. A Paris,
le 15 avril 1784, signé : Baron. » (Archives nationales,
t. 919, 4-5.)

Je veux que le reste de mon linge de table et de ménage soit partagé en divers lots d'égale valeur et tiré au sort entre mon fils et ma fille (1), si mieux ils n'aiment le faire vendre et en partager le prix.

Je donne et lègue aux enfants de mon fils (2) à chacun une somme de 20 louis une fois payée, pour être employée à leur satisfaction et cependant solidement, pour qu'ils se souviennent de moi. Je donne de plus à Louise d'Épinay, fille aînée de mon fils, mon collier de rubis et de perles fines avec la petite croix et la rosette en rubis et diamants.

Je donne et lègue au vicomte Henri de Belzunce (3), et à son frère le chevalier (4), mes petits-fils, à chacun un diamant de 25 louis. Je laisse de

(1) Angélique-Charlotte-Louise de La Live, née vers 1749, mariée le 10 mars 1764 à Dominique de Belsunce, vicomte de Belsunce et de Méhérain, colonel d'infanterie et chevalier de Saint-Louis.

(2) M. d'Épinay fils avait trois enfants, deux filles, indiquées plus haut, et un garçon. C'est ce dernier qui adressa en 1819 au journal le Moniteur la longue lettre reproduite par nous dans les pages qui précèdent et par laquelle il défendait la mémoire de son père accusé d'un crime abominable.

(3) Joseph-Jean-Henri de Belsunce.

(4) Jean, chevalier de Belsunce.

plus au chevalier, comme étant mon filleul, mon nécessaire avec couteau et les autre bijoux d'or qu'il renferme.

Je donne et lègue à mon fils mon souvenir de laque vert et or avec le portrait de M. le chevalier de Magayon (*sic*) (1).

Je donne à Mme la vicomtesse de Belzunce, ma fille, mes provisions de mousseline brodée.

J'ai fait constituer sur la tête de la comtesse Émilie de Belzunce, ma petite-fille, et sur celle du Roi deux rentes viagère, de 500 livres à prendre dans l'emprunt créé par édit de janvier dernier. Les contrats qui n'en sont pas encore expédiés seront passés incessamment devant maître Boulard, notaire (2) à Paris. Je donne à ladite Émilie, comtesse

(1) M. Maurice Tourneux pense qu'il s'agit ici du chevalier de Magallon, Portugais à qui l'abbé Galiani a écrit plusieurs lettres et dont le nom se prononçait Magayon.

(2) Antoine-Marie-Henri Boulard, né en 1754, mort en 1825, fut notaire à Paris, rue Saint-André-des-Arts, près la rue Pavée, depuis 1781 jusqu'en 1808. Il est connu par sa passion pour les livres. On assure qu'il achetait des maisons rien que pour y placer les volumes récoltés par lui, chaque matin, chez les libraires ou les bouquinistes des quais. Après sa mort, sa bibliothèque fut mise en vente et le catalogue seul formait 4 gros in-octavo. C'était au reste

de Belzunce, ces deux rentes viagères de 5oo livres,
pour en jouir par elle, à compter du jour de mon
décès, ainsi que tous les arrérages qui s'en trouveront alors dus, à la charge par elle de remettre
et payer annuellement aux enfants de mon fils actuellement existants, pour la partager par tiers, la
moitié des arrérages échus lors de mon décès et qui
écherront à l'avenir lors desdites deux rentes (1)
et dans le cas où lesdits enfants ou aucun d'eux

un homme instruit et il a laissé de bonnes traductions
d'ouvrages anglais. Ajoutons, chose flatteuse pour la cor-
poration des notaires de Paris, qu'il remporta en 1770 le
prix d'honneur au concours général de l'Université.

(1) Les volontés de Mᵐᵉ d'Épinay furent scrupuleusement
suivies par Mˡˡᵉ de Belsunce, devenue Mᵐᵉ de Bueil, ainsi
que le constate le document suivant : « Nous soussignés
Louis-Joseph La Live d'Épinay et dame Louise-Élisabeth
de Boccard, mon épouse que j'autorise à l'effet des présentes, tuteurs naturels de nos enfants, moi d'Épinay.
assisté de M. de Fégéli, mon conseil à Fribourg, reconnois-
sons avoir reçu de M. le comte et de Mᵐᵉ la comtesse de
Bueil, nos neveu et nièce, la somme de 5oo livres pour
l'année 1787 de la rente dont, aux termes du testament de
Mᵐᵉ La Live d'Épinay, notre mère et belle-mère, ils doivent faire la remise à nos enfants, et ladite somme versée
ès mains de M. Joly, mon conseil à Paris. Fait à Fribourg
en Suisse, ce 27 juin 1787. Signé : La Live d'Épinay ; La
Live d'Épinay, née de Boccard. » (Archives nationales,
t. 319, 4-5.)

viendraient à mourir avant elle, de remettre et payer la portion qui leur aurait appartenu au chevalier de Belzunce, son frère, qui réunira à son profit la totalité de ladite moitié en cas de décès des trois enfants de mondit fils.

Si au contraire Mme Émilie de Belzunce décède avant ses neveux, l'une desdites deux rentes appartiendra aux enfants de mon fils avec les arrérages qui en seront dus au moment du décès de Mme Émilie. A l'égard de l'autre rente et des arrérages qui seront échus à compter de la même époque, ils appartiendront aux frères de Mme Émilie, mais le chevalier de Belzunce aura toujours la part que celui ou ceux des trois enfants de mondit fils qui pourraient être décédés avant Mme Émilie auraient eue dans la moitié desdites deux ventes, ainsi qu'il a été ci-devant stipulé.

Quant au surplus des biens que j'aurai lors de mon décès, je le donne et lègue à mon fils et à Mme la vicomtesse de Belzunce, sa sœur, pour le partager entre eux également par moitié, les faisant et instituant à cet effet mes légataires universels.

Ayant toujours eu intention de partager entre

mes enfants la plus parfaite égalité et ayant en conséquence doté chacun de mes deux enfants de 30,000 livres en fonds, la justice et l'équité m'obligent de déclarer que les 30,000 livres données à la vicomtesse de Belzunce, ma fille, lors de son mariage, furent composées de 10,000 livres de deniers comptants et de deux maisons sises à Valenciennes (1), louées en totalité 1,000 et quelques livres, lesquelles m'avaient précédemment données en dot par feu ma mère (2) pour pareille valeur de 20,000 livres, mais attendu qu'il est à ma connaissance que j'avais été trompée lors du mariage de ma fille sur la valeur desdites deux maisons et que malgré tous les soins et toutes les recherches possibles la vente desdites maisons faite par ma fille, autorisée de son mari, de mon agrément et par mon conseil, ne lui a produit que 8,000 livres et que cette somme de 8,000 livres,

(1) Département du Nord. M. Tardieu d'Esclavelles, père de Mme d'Épinay, avait été gouverneur de cette ville.

(2) Florence-Angélique Prouveur, morte en 1761, femme de Louis-Gabriel Tardieu d'Esclavelles, chevalier, brigadier des armées du roi, commandeur de l'ordre royal et militaire de Saint-Louis et gouverneur de la citadelle de Valenciennes, décédé le 7 décembre 1736.

suivant les informations que j'ai prises, était le seul prix que pouvaient valoir lesdites maisons dépéries par le laps du temps, je reconnais donc que l'estimation portée dans le contrat du mariage de ma fille a été beaucoup trop forcée, et mon intention n'ayant jamais été qu'elle fût lésée, en conséquence je veux et entends que si ma fille est tenue de rapporter à ma succession la dot que je lui ai donnée, elle ne puisse être tenue de rapporter à ma succession de sa dot que les 10,000 livres d'argent comptant par elle reçues et 8,000 livres seulement au lieu de 20 pour les maisons par elle également reçues pour compléter les 30,000 livres de sa dot, ce qui, sur ces objets, réduira son rapport à 18,000 livres au lieu de 30,000 livres.

Je veux que la part et portion qui reviendra à mon fils dans le legs universel que je viens de faire soit bien et dûment substituée comme je la substitue à ses enfants nés et à naître en légitime mariage et, à défaut d'enfants, à Mme la vicomtesse de Belzunce, si elle est alors vivante, sinon à ses enfants. A l'effet de quoi je veux que la portion qui appartiendra à mon fils dans le mobilier de ma succession soit converti en immobilier pour l'usufruit au profit de mon fils et pour les fonds en appartenir aux appelés à ladite substitution.

Je me réserve de nommer mon exécuteur testamentaire par une disposition particulière.

Je révoque tous testaments et codicilles que j'aurais pu faire avant le présent, auquel seul je m'arrête comme contenant mes dernières volontés.

Ce fut ainsi fait et dicté aux notaires soussignés par ladite dame d'Epinay comparante et ensuite à elle par l'un desdits notaires, l'autre présent, relu, qu'elle a dit bien entendre et y persister.

Fait et passé à Chaillot en la pièce ci-devant désignée où lesdits notaires soussignés se sont transportés et rendus à cet effet, l'an 1782, le 11 septembre, sur les onze heures du matin et a ladite dame d'Epinay signé la minute des présentes, vue au bureau des insinuations par Durey, cejourd'hui, et demeurée à maître Boulard, l'un des notaires soussignés, qui a délivré ces présentes ce jourd'hui 19 avril 1783. Signé: Brichard (1) et Boulard, avec paraphe et scellé.

(1) François-Romain Brichard, reçu notaire au Châtelet de Paris en 1775, en remplacement de Mᵉ Laideguive. Il

Ceci est mon codicille :

Ayant voulu me donner le temps de la réflexion pour nommer mes exécuteurs testamentaires, je me suis réservé de les nommer par mon codicille ; je prie donc M. le baron de Grimm, ministre de monseigneur le duc de Saxe-Gotha, et M. Baron le jeune (1), ancien notaire et receveur général dès finances, conjointement de vouloir bien se charger de l'exécution de mes dernières volontés, renfermées dans mon testament que j'ai dicté ici à Chaillot à maître Boulard le fils et son confrère, tous deux conseillers du Roi, notaires au Châtelet de Paris, le 11 septembre de la présente année, auxquelles dispositions, dans lesquelles je persiste en tant que besoin est. J'ajoute seulement ici

demeurait rue Saint-André-des-Arts, vis-à-vis la rue des Grands-Augustins. Il fut condamné à mort par le tribunal révolutionnaire le 25 pluviôse an II, pour avoir mis en circulation, sous le nom d'emprunt, un certain nombre d'actions de 100 livres sterling chacune, au profit des ducs d'York et de Clarence, fils du roi d'Angleterre.

(1) Louis-Jacques Baron le jeune, notaire à Paris de 1762 à 1778, puis receveur général des finances de la Franche-Comté et secrétaire du Roi en la chancellerie établie près le Parlement de Besançon. Il demeurait rue des Saints-Pères.

quelques nouvelles marques de reconnaissance et d'amitiés que des services récents et des preuves d'attachement de la part des personnes que je vais nommer ci-après me déterminent à leur donner :

Je prie M. Baron le jeune de vouloir bien, en acceptant l'exécution testamentaire, accepter aussi comme une bien légère marque d'amitié et de reconnaissance le morceau de marbre sculpté par M. Houdon, représentant un oiseau mort attaché par la patte.

Après avoir donné dans mon testament à M. de Villiers une pure marque de souvenir et d'amitié, je dois lui en donner une plus efficace de ma reconnaissance ; elle doit être néanmoins proportionnée à la modicité de la succession que je laisse ; je le prie donc d'accepter un diamant de cent louis.

J'avais excepté Mlle Drouard du nombre de mes domestiques quant à la rente viagère que je leur laisse, parce qu'étant, en même temps qu'elle me sert, attachée particulièrement à ma belle-fille comme gouvernante de sa fille Louise, je présumais que je pouvais la perdre d'un jour à l'autre pour suivre sa maîtresse et son élève, mais comme elle vient de me démontrer qu'elle ne peut pas quitter Paris, mon intention est donc, si elle est encore ma femme de charge au jour de mon décès, qu'elle participe comme les autres aux récompenses que je laisse à tous mes domestiques, sans restrictions, aux mêmes conditions des rentes et pensions viagères.

Fait à Chaillot, le 27 septembre 1782. Signé : D'Esclavelles d'Epinay.

D'après les conversations que j'ai eues avec Mme la vicomtesse de Belzunce, ma fille, je vois que les lots que je lui avais destinés dans mon testament ne lui feraient pas le plaisir que j'avais cru, aussi je les rétracte tous les deux ; je passe et je donne celui de toutes mes mousselines brodées à Mme la comtesse Émilie de Belzunce, ma petite-fille, et celui du linge de ménage d'égale valeur que celui destiné à mon fils, celui-là, dis-je, je le donne et lègue au chevalier de Belzunce, mon petit-fils, pour commencer à monter son ménage.

Je donne et lègue à la femme Versailles, ma femme de basse-cour, la somme de 800 livres une fois payée, si elle est encore à mon service lors de mon décès.

Je donne et lègue à ma petite-fille Émilie de Belzunce la médaille d'or qui m'a été donnée pour le prix d'utilité par l'Académie française que mon ouvrage fait pour son éducation vient de remporter (1).

(1) Les *Conversations d'Émilie*, ouvrage imprimé en deux volumes in-12 dès 1774, sous le titre de *Conversations entre une mère et sa fille*, ne furent connues sous leur titre définitif qu'à partir de 1781. Ce traité d'éducation eut un grand succès, fut traduit en plusieurs langues et valut à Mme d'Épinay des compliments de l'impératrice de Russie Catherine II, qui envoya en outre à Mlle Émilie de Belsunce, petite-fille de l'auteur, son chiffre impérial dans un médaillon garni de diamants. L'Académie française, dans sa séance du 13 janvier 1783, décerna aux *Conversations d'Émilie* le prix d'utilité fondé par M. de Montyon et chargea le marquis de Saint-Lambert, l'un de ses membres, d'annoncer à Mme d'Épinay, sa décision. Elle en remercia l'Académie par la lettre suivante adressée le 18 janvier 1783 au secrétaire perpétuel Dalembert :

« L'Académie française vient de donner, Monsieur, une grande preuve de son indulgence en accordant aux *Conversations d'Emilie* le prix d'utilité. Sans doute elle a eu plus d'égard à l'intention qu'à l'exécution de l'ouvrage, et peut-être le zèle d'une mère lui a-t-il tenu lieu de talent. Le suffrage de l'Académie serait un grand motif d'encouragement pour travailler à le mériter, si une santé continuellement vacillante n'opposait trop souvent à ce projet des obstacles invincibles. Ce serait alors que je croirais m'être rapprochée des vues du respectable citoyen fondateur du

Fait à Paris, ce jeudi 30 janvier 1783. Signé : D'Esclavelles d'Épinay.

Il est ainsi ès codicilles en suite l'un de l'autre de ladite dame Louise-Florence-Pétronille Tardieu d'Esclavelles, veuve de mondit sieur Denis-Joseph

prix et avoir en quelque façon répondu à l'honneur que l'Académie m'a fait. Veuillez, Monsieur, être auprès d'elle l'interprète de ma reconnaissance; le bonheur que j'ai de la lui présenter par vous, Monsieur, et le choix de l'organe par qui elle m'a fait part de sa décision, sont deux circonstances qui ajoutent infiniment à ma satisfaction. Vous connaissez l'attachement aussi sincère qu'invariable avec lequel j'ai l'honneur d'être, Monsieur, votre, etc. D'ESCLAVELLES D'ÉPINAY. »

A cette lettre, Dalembert répondit le lendemain en ces termes :

« L'Académie me charge, Madame, d'avoir l'honneur de vous répondre que vous ne lui devez aucun remerciement du jugement qu'elle a porté en donnant à votre ouvrage le prix d'utilité; elle n'a fait que rendre justice aux excellents principes que cet ouvrage renferme et à la manière aussi nette que simple dont ils sont présentés. La Compagnie désire beaucoup, Madame, que vous lui fournissiez, par de nouveaux succès, l'occasion de rendre encore la même justice à vos talents et à votre zèle pour les rendre utiles. Permettez-moi d'ajouter que je partage ce sentiment avec tous mes confrères. Je suis avec respect, Madame, votre, etc. DALEMBERT, secrétaire perpétuel de l'Académie française. »

Parmi les ouvrages présentés au concours en même temps que celui de Mme d'Épinay et évincés par l'Académie, on remarquait : l'*Ami des enfants*, de Berquin,

La Live, écuyer, seigneur d'Epinay, déposés à maître Boulard, l'un des notaires soussignés par acte du 18 avril 1783, dont la minute est en suite de celle dudit testament étant en possession dudit maître Boulard, qui a délivré ces présentes le 19 avril 1783. Signé : Boulard et Brichard, avec paraphe.

Insinué à Paris, le 17 septembre 1783. Reçu 534 livres compris les 10 sols pour livre. Signé : Durey (1).

Adèle et Théodore de Madame de Genlis, les *Instructions pour les bergers*, par Daubenton, et un traité sur les *Pommes de terre*, de Parmentier. (Grimm, *Correspondance littéraire*, XI, 316.)

(1) Archives nationales, Y, 77.

PIÈCES JUSTIFICATIVES

PIÈCES JUSTIFICATIVES

I — 1749, 22 juin

DONATION FAITE PAR M. DE LA LIVE DE BELLEGARDE
A MADAME D'ÉPINAY SA BELLE-FILLE.

Par devant Antoine-Jean-Baptiste Dutartre, conseiller du Roi, notaire au Châtelet de Paris, soussigné et les témoins ci-après nommés, fut présent messire Louis-Denis La Live Bellegarde, écuyer, seigneur d'Épinay, Deuil, La Chevrette, La Briche et autres lieux, demeurant ordinairement à Paris rue Saint-Honoré, paroisse Saint-Roch, étant de présent en son château de la Chevrette, près Saint-Denis, paroisse de Deuil, lequel voulant donner à dame Louise-Florence-Petronille Tardieu d'Esclavelles, sa bru, épouse séparée quant aux biens de messire Denis-Joseph La Live d'Épinay, écuyer, par sentence du Châtelet de Paris du 14 du mois de mai dernier, des marques de la tendre affection qu'il a toujours eue pour elle et la mettre en état d'avoir, à tous événements, les moyens de subsister et de s'entretenir honnêtement, a par ces présentes donné, créé, constitué par donation entre vifs, en la meilleure forme que donation puisse valoir à ladite dame d'Épinay, demeurant aussi ordinairement à Paris avec ledit sieur de Bellegarde, étant ce jour audit château de la Chevrette, à ce présente et accepté tant par ladite dame que pour elle par messire André Prouveur, seigneur de La Laing, prêtre, licencié en droit et théologie, prévot chanoine de l'église collégiale de Notre-Dame de Condé, son oncle et tuteur, autorisé en cette dernière qualité à accepter la présente donation par sentence du Châtelet de Paris du 22 dudit mois de mai dernier, sur le refus fait par ledit sieur d'Épinay justifié par sa réponse à la sommation énoncée en ladite sentence, demeurant ledit sieur Prouveur ordinairement à Condé, Hainault, étant aussi ce jour au château de la Chevrette, à ce présent, treize mille livres de rente et pension viagère la vie durant de ladite dame d'Épinay, qui ne commenceront à courir que du jour du décès dudit sieur donateur et seront payables en plein sans aucune retenue de vingtième ou autres impositions faites ou à faire sur les simples quittances de ladite dame par chacun an, aux quartiers ordinaires et accoutumés jusqu'à son décès, à compter duquel elle demeurera éteinte et amortie et les biens dudit sieur donateur libres et affranchis d'icelle. A la garantie de laquelle rente et pension viagère, ledit sieur de Bellegarde affecte, oblige et hypothèque tous ses biens meubles et immeubles présents et à venir, toutefois sous les conditions et restrictions ci après. Cette donation et création de pension viagère ainsi faite sous toutes les conditions qui vont être ci-dessous déclarées : la première, que si ledit sieur d'Épinay, mari de ladite dame, ou leurs enfants survivent ledit sieur de Bellegarde, ladite dame d'Épinay, pour raison de ladite rente et pension viagère, ne pourra exercer aucune action contre et sur les biens dudit sieur donateur, autres que ceux qui pourront avenir audit sieur d'Épinay, son mari, ou leurs enfants de la succession dudit sieur de Bellegarde que dans le cas d'insuffisance et seulement jusqu'à due concurrence de ce qui s'en défaudrait desdits biens avenant audit sieur d'Épinay ou ses enfants de ladite succession, l'intention dudit sieur donateur étant expressément que ce soient les biens que le sieur d'Épinay ou ses enfants pourront recueillir de la succession qui en soient singulièrement tenus et chargés, ainsi que dès à présent il les charge, audit cas, de la dite rente et pension viagère tant qu'elle aura cours. La seconde, qu'arrivant le décès du sieur d'Épinay, mari de ladite dame, laissant des enfants, si ladite dame vient à accepter la garde-noble de ses enfants, du jour qu'elle l'aura acceptée jusqu'au temps qu'elle cessera, elle ne pourra exiger ni prétendre les arrérages de ladite rente et pension viagère qui ne recourront à son profit que du jour de la cessation desdites gardes-nobles (1). La troisième, que si ledit sieur d'Épinay et tous ses enfants venaient à décéder avant le dit sieur de Bellegarde en conservant un fond suffisant pour répondre de ladite rente et du payement exact d'icelle, les autres biens dudit sieur donateur seront de plein droit libres et affranchis du jour que l'objet assigné aura été indiqué et spécialement affecté, et enfin que si ladite dame ayant perdu ledit sieur d'Épinay son mari, venait à convoler en secondes noces, ladite rente et pension viagère demeurerait de plein droit éteinte et amortie, etc. -

Fait et passé audit château de la Chevrette, en présence de sieur Nicolas Marchest, jardinier de M. Baye, à La Barre, et sieur Charles Fillerin, fermier de Ville-tanneuse où il demeure et ledit sieur Marchest audit La Barre, paroisse de Deuil, tous deux de présent audit château de la Chevrette, pour ce requis et à ce présent l'an 1749, le 22 juin après midi, etc.

Par sentence rendue au Châtelet de Paris le 22 mai 1749, etc., appert avoir été dit qu'attendu le refus fait par Denis-Joseph La Live d'Épinay d'autoriser dame Louise-Florence-Pétronille Tardieu d'Esclavelles, son

(1) Garde-noble, droit que les pères et mères nobles avaient de jouir du bien de leurs enfants mineurs, jusqu'à l'âge de 20 ans pour les garçons et de 15 ans pour les filles, sans être tenus d'en rendre compte, à la charge par eux de les entretenir selon leur rang et qualité.

épouse, justifié par sa réponse à la sommation à lui faite par exploit de Grignard du 9 dudit mois de mai, messire André Prouveur, seigneur de La Laing, prêtre, licencié en droit et théologie, prévot, chanoine de l'église collégiale de Notre-Dame de Condé, tuteur de ladite dame d'Épinay, sa nièce, serait et demeurerait autorisé à accepter pour elle la donation que ledit sieur La Live de Bellegarde était dans l'intention de faire à ladite dame d'Épinay, sa bru, et à cet effet de passer tous les actes à ce nécessaire, etc. (1).

II — 1750, 2 avril

MADAME DIDEROT INVECTIVE UNE DOMESTIQUE INSOLENTE LA FRAPPE DU PIED ET DU POING ET LUI FRACASSE LA TÊTE CONTRE UN MUR.

L'an 1750, le jeudi 2 avril, sur les cinq heures de relevée, en l'hôtel de nous Pierre Vial de Machurin, commissaire au Châtelet, est comparue Marguerite Barré, fille majeure, domestique de la dame veuve Tarterau

(1) Archives nationales, Y, 371.

de Berthemont chez laquelle elle demeure sur la place
de la Vieille Estrapade près la rue Sainte-Geneviève,
paroisse Saint-Étienne du Mont chez la dame veuve
Getelle : laquelle nous a rendu plainte à l'encontre de
la dame femme du sieur Diderot, demeurante même
maison que la plaignante et dit qu'il y a environ une
heure et demie ayant été de la part de sa maitresse
chez ladite dame Getelle, ladite femme Diderot, qui
s'y est trouvée, lui aurait cherché dispute à l'occasion
de quelques raisonnements faits entre elle plaignante
et la domestique de ladite femme Diderot, quoiqu'ils
n'eussent rien de commun avec cette dernière, et avant
que la plaignante ait eu le temps de rien répondre, ladite
femme Diderot l'aurait traitée d'impertinente èt d'inso-
lente avec menaces de lui faire donner cent coups de
pied, ajoutant qu'elle étoit mauvais sujet ; que la plaignante étant sortie de chez ladite dame Getelle et s'en
retournant ladite femme Diderot aurait couru après elle
et l'ayant jointe sur la montée elle lui aurait porté
plusieurs coups de pied et de poing ; que non contente
de cela elle l'aurait prise aux cheveux, lui aurait cogné
la tête contre le mur avec tant de violence qu'elle lui
aurait fait un trou considérable au front dont elle a
perdu beaucoup de sang ; qu'ayant ensuite été se faire
panser par le sieur Delamotte, chirurgien, elle s'est
trouvée mal entre ses mains et elle a été saignée sur le
champ. Et attendu qu'elle est dangereusement blessée
et qu'elle ressent de vives douleurs qui peuvent avoir

des suites fâcheuses et que le procédé de ladite femme Diderot est des plus violens elle est venue de ce que dessus nous rendre la présente plainte.

Signé : VIAL DE MACHURIN (1).

III — 1764, 5 octobre

DONATION FAITE PAR MADAME D'ÉPINAY A MADEMOISELLE MARIE DRINVILLÉ GOUVERNANTE DE SA FILLE.

Par-devant les conseillers du Roi, notaires au Châtelet de Paris soussignés, fut présente dame Louise-Florence-Pétronille Tardieu d'Esclavelles, épouse séparée quant aux biens de Denis-Joseph La Live, écuyer, seigneur d'Epinay, Deüil, la Chevrette, la Briche et autres lieux, etc., demeurant lesdits sieur et dame de La Live d'Epinay, savoir ladite dame d'Épinay, rue Neuve-des-Petits-Champs, paroisse Saint-Roch, et ledit sieur d'Épinay, Grande rue du Faubourg-Saint-Honoré, paroisse Sainte-Marie-Madeleine de la Ville-l'Évêque, laquelle, pour l'amitié, l'estime et la considération qu'elle porte à demoiselle Marie Drinvillé, fille majeure, et par une reconnaissance particulière des obligations qu'elle lui a, de la sagesse des conseils qu'elle a donnés à Angélique - Louise de La Live d'Épinay sa fille, actuellement épouse de M. le vicomte de Belzunce, a par ces présentes fait donation à ladite demoiselle Drinvillé, demeurant à Paris, rue de la Lune, paroisse de Bonnes-Nouvelles, à ce présente et acceptante, trois cents livres de rente viagère sur la tête et pendant la vie de ladite demoiselle Drinvillé, que ladite dame d'Épinay promet et s'oblige de lui payer en sa demeure à Paris, ou au porteur, par chaque année, de six mois en six mois, dont les premiers, du consentement de ladite dame d'Épinay, commenceront à courir du premier mai dernier et échoiront au premier novembre prochain, les seconds six mois après et ainsi continuer de six mois en six mois tant que ladite rente aura cours pendant la vie de ladite demoiselle Drinvillé, à l'avoir et prendre spécialement, uniquement et limitativement sur six mille livres de principal à prendre et faisant partie des quatre-vingt-dix mille livres de principal appartenant à ladite dame de La Live d'Épinay, de son chef, comme seule héritière de Florence-Angélique Prouveur, sa mère, veuve de messire Louis-Gabriel Tardieu d'Esclavelles, chevalier, brigadier des armées du roi, commandeur de l'ordre royal et militaire de Saint-Louis et gouverneur de la citadelle de Valenciennes, faisant ladite somme le montant d'un recépissé du sieur Collin de Saint-Marc, donné comme receveur général des fermes(1) sur le fonds que mondit sieur de La Live d'Epinay devait faire comme associé pour moitié de la place de fermier général de M. Tronchin, suivant que le tout est justifié par acte passé entre lesdits sieur et

(1) Le texte porte par erreur Roland de Saint-Marc. Collin était bien l'un des noms de ce personnage avec lequel Diderot eut une si plaisante entrevue, racontée gaiement dans les *Lettres à Mademoiselle Volland* (tome Ier, p. 349). « Vous savez que M. Tronchin avait été appelé en poste à Lyon pour la maladie de son associé et que mes 16,000 livres (provenant de la vente de sa bibliothèque) étaient restées dans les mains de M. Collin de Saint-Marc.... J'en étais là, lorsque je reçois de M. Tronchin une lettre pour M. de Saint-Marc. Je la garde sept à huit jours, parce que les choses d'intérêt ne sont pas celles qui me remuent, cependant sur les six heures du soir, un jour que j'allai causer avec la chère sœur, je me trouve à la porte de l'Hôtel des Fermes ; je me ressouviens de ma lettre et j'entre. M. de Saint-Marc n'était pas à son bureau, mais il allait y entrer : c'est ce que ses commis me dirent, car ils sont fort polis. En effet, il arrive comme ils me parlaient.

Je vais au-devant de M. Collin de Saint-Marc, qui ne m'entend pas. M. Collin de Saint-Marc, le chapeau sur la tête, marche : je le suis presque en courant. Il arrive dans la seconde pièce de son bureau ; il s'assied dans un fauteuil et je reste droit. Je lui présente ma lettre ; il la prend, l'ouvre et la lit, se met à regarder un moment au plafond, et me rendant la lettre en la jetant sur un coin de sa table, me dit : « Je n'ai pas mémoire de cela » ; puis il prend une plume, se met à écrire et me laisse debout là, sans me parler davantage. Tandis qu'il écrivait sans me regarder, je lui déclinais mon nom et je lui faisais mon histoire. Sur la fin de cette histoire, mon homme s'arrête et se tracassant avec un de ses doigts la main droite, il me dit : « Ah ! oui, je me rappelle cela. J'ai touché vos lettres de change. Je n'ai point de billets à vous donner. Ils veulent tous de ces billets ; c'est une rage, je ne sais pourquoi. Je ne sais pas quand j'en aurai ; je n'irai point dépouiller pour vous ceux qui en ont. Revenez ; mais ne revenez pas demain ; dans huit jours, dans un mois, dans deux. » Et puis mon homme se remet à écrire et moi je m'en vais.

dame d'Épinay comparants devant maître Dutartre, notaire à Paris, le 3 décembre 1762, par lequel ledit sieur de La Live d'Épinay a admis ladite dame son épouse pour raison desdits quatre-vingt-dix mille livres dans ladite moitié de place de fermier général, lesquelles six mille livres, à prendre dans lesdites quatre-vingt-dix mille livres, demeurent seules affectées à la garantie et continuation desdites trois cents livres de rente viagère ci-dessus données, etc. Fait et passé à Paris, en l'étude, l'an 1764, le 5 octobre après midi, et ont signé la minute des présentes demeurée à Me Le Pot, d'Auteuil, l'un des notaires soussignés, etc (1).

IV — 1768, 17 décembre

MADAME DIDEROT EST GROSSIÈREMENT INSULTÉE PAR UNE MARCHANDE DU MARCHÉ DE L'ABBAYE QUI LUI DONNE EN OUTRE UN COUP DE PIED DANS LE DERRIÈRE.

L'an 1768, le samedi 17 décembre, une heure et demie après midi, en notre l'hôtel et par-devant nous Antoine Joachim Thiot, commissaire au Châtelet, est comparu

1) Archives nationales, Y, 408.

Antoine Pêtre, caporal de la garde de Paris, de poste au petit marché de l'abbaye Saint-Germain-des-Prés : lequel nous a dit qu'il a été requis heure présente de se transporter dans le marché de la foire Saint-Germain par une dame à lui inconnue pour y arrêter une femme du marché dont elle lui a dit avoir à se plaindre pour raison d'insultes; qu'il l'a arrêtée et conduite devant nous pour être par nous ordonné ce qu'il appartiendra.

Est aussi comparue demoiselle Anne-Antoinette Champion, épouse de M. Denis Diderot, bourgeois de Paris, et éditeur de *l'Encyclopédie*, demeurant à Paris rue Taranne, faubourg Saint-Germain, paroisse Saint-Sulpice : laquelle nous a dit que passant heure présente dans le marché de la foire de l'Abbaye, elle a aperçu plusieurs femmes dudit marché lesquelles frappaient un enfant, qui paraît vendre des mouchoirs, à grands coups de pied et de poing et de façon à intéresser tous les enfants à le plaindre. Que sa marchandise était sur le pavé et dans la boue, ce qui a tellement frappé la plaignante qu'elle n'a pu, à cette vue, s'empêcher de faire quelques représentations à cette femme qui lui a répondu qu'il fallait corriger les enfants qui avaient l'audace de frapper des personnes plus vieilles qu'eux. Que la plaignante lui a dit, sur cette réponse, qu'il était bien vrai qu'on devait corriger les enfants quand ils manquaient, mais qu'il fallait apporter de la modération dans la correction et ne pas les tuer. Que sur cette représentation, quoique très juste et très prudente, ladite femme l'a attaquée, l'a prise par le bras et lui a dit : « De quoi vous mêlez-vous ? Passez votre chemin. Qu'est-ce que c'est que cette Parisienne-là ? » Que sur ce propos la plaignante, qui ne voulait pas se prendre de paroles avec cette femme, lui a répondu en se tournant pour s'en aller, qu'elle était fort heureuse que les Parisiens lui fissent gagner sa vie. Que sur cette réponse ladite femme est venue sur la plaignante, lui a porté un coup sur le bras et lui a donné un coup de pied dans le derrière, en lui disant : « Allons! allons! Gueuse, passe ton chemin, il n'y a rien ici à gagner pour toi! » l'a traitée dans les termes les plus outrageans de foutue garce, de foutue gueuse, qui, avec son foutu falbalas et son pied de rouge sur le nez, venait mettre son nez dans des affaires qui ne la regardaient pas. Que la plaignante a requis la garde et la fait conduire en notre hôtel où elle est venue pour nous rendre la présente plainte.

Signé : A. CHAMPION; THIOT.

Avons ensuite fait comparoitre ladite femme à nous amenée laquelle nous a dit se nommer Catherine Pont, veuve de Jean Pagnon, domestique, elle revendant des herbages, demeurant faubourg Saint-Marceau, rue Mouffetard, chez la veuve Saumont, logeuse, au-dessus de la rue de l'Epée-de-bois. Laquelle nous a dit que, si elle a frappé un enfant dans le marché de la foire, c'est que cet enfant avait eu l'insolence de frapper une femme âgée. Que ladite plaignante est venue se mêler de la correction qu'elle donnait à ce jeune homme et a traité la comparante de guenipe. Qu'il est vrai qu'elle lui a donné un coup de pied, mais c'est après avoir reçu un soufflet d'elle. Qu'elle n'a nullement tort et que si quelqu'un a à se plaindre c'est elle comparante.

Sur quoi nous avons donné acte de tout ce que dessus et nous avons laissé ladite veuve Pagnon, en la possession dudit Pêtre, qui le reconnait et s'en est chargé pour la conduire de notre ordonnance en la cour du grand Châtelet de cette ville à l'effet de la remettre ès mains du premier officier qu'il y trouvera pour par ce dernier la constituer. et écrouer ès prisons du Grand Châtelet. Et dans ce moment ladite dame Diderot, sur les prières et sur les instances de ladite veuve Pagnon, s'est désistée de la plainte par elle ci-dessus rendue, consentant que ladite Pagnon soit relaxée et que ladite plainte demeure nulle comme non faite ni avenue.

Signé : A. CHAMPION ; PÊTRE ; THIOT.

En conséquence nous avons fait mettre ladite veuve Pagnon en liberté. Dont et de quoi nous avons dressé le présent procès verbal.

Signé : THIOT (1).

(1) Archives nationales, Y, 13,777.

v — 1775, 29 mai

CONTRAT DE MARIAGE DE M. LOUIS-JOSEPH DE LA LIVE
D'ÉPINAY ET DE MADEMOISELLE MARIE-ANNE
ÉLISABETH DE BOCCARD

Par-devant les conseillers du Roi, notaires au Châtelet de Paris soussignés, furent présents maître Louis Magne Binet, avocat au Parlement, demeurant à Paris, rue Neuve-Saint-Augustin, paroisse Saint-Roch, au nom et comme fondé de la procuration spéciale, à l'effet des présentes, de messire Louis-Joseph de La Live d'Épinay, officier de dragons au service de France, fils majeur de mes sieur et dame d'Épinay, ci-après nommés, ladite procuration passée devant maître Jean Stocklin, notaire juré public à Fribourg en Suisse en présence de témoins, le 24 mai présent mois etc.. stipulant pour mondit sieur de La Live, d'une part; messire Denis-Joseph La Live, chevalier, seigneur d'Épinay, Deuil, la Chevrette, la Briche, et autres lieux, demeurant à Paris, rue des Saussayes, faubourg Saint Honoré, paroisse de la Madeleine de la ville l'Évêque ; dame Louise - Florence - Pétronille Tardieu d'Esclavelles, épouse de mondit seigneur d'Épinay, de lui séparée quant aux biens par sentence du Châtelet de Paris du 14 mai 1749 et néanmoins dudit sieur son mari autorisée à l'effet des présentes, demeurant madite dame à Paris, rue Saint Nicaise, paroisse Saint-Germain l'Auxerrois, mesdits sieur et dame d'Épinay, stipulant en leurs noms à cause des engagements susdits qu'ils constateront par ces présentes, aussi d'une part ;

Et messire Joseph-Hubert-Balthasar de Boccard, lieutenant au régiment des gardes-suisses, demeurant à Rueil près Paris, y étant ce jour au nom et comme fondé de la procuration spéciale à l'effet des présentes de messire Pierre-Nicolas-Louis de Boccard, chevalier de l'ordre royal et militaire de Saint-Louis, ancien lieutenant au régiment des gardes-suisses au service de France, membre du Grand Conseil de la ville et république de Fribourg et colonel du régiment de dragons du canton et de demoiselle Marie-Anne-Élisabeth de Boccard, fille mineure de mondit sieur de Boccard, agissant sous l'autorité de son père etc., d'autre part.

Lesquelles parties pour raison du mariage projeté entre mondit sieur d'Épinay fils et madite demoiselle de Boccard, ont fait les traité, accord et conventions qui suivent, en la présence de leurs parents et amis ci-après nommés, savoir, du côté du futur :

De haute et puissante dame Angélique-Charlotte-Louise de La Live, épouse de haut et puissant seigneur messire Dominique de Belzunce, vicomte de Belzunce et de Méhérain, grand bailli du pays de Mix en Navarre, colonel d'infanterie, chevalier de l'ordre royal et militaire de Saint-Louis, sœur dudit futur époux ;

De haut et puissant seigneur messire Joseph-Jean-

Henri de Belzunce, haute et puissante dame Marie-Rénée-Thérèse-Émilie de Belzunce, haut et puissant seigneur messire Jean, chevalier de Belzunce, lesdits seigneurs et demoiselle de Belzunce, enfants de mesdits seigneur et dame vicomte et vicomtesse de Belzunce, neveux et nièce dudit futur ;

Messire Ange-Laurent de La Live, ancien introducteur des ambassadeurs et dame Marie-Louise-Joséphine de Nettine, son épouse, oncle et tante ; ·

Messire Janvier de La Live de La Briche, introducteur des ambassadeurs, oncle ;

Haut et puissant seigneur messire Claude-Constance-César de Houdetot, comte de Houdetot, marquis de Mailloc, seigneur patron des paroisses de Saint-Pierre, Sain-Julien, Saint-Denis, Saint-Martin audit Mailloc, seigneur d'Estrehem, Russy et autres lieux, maréchal des camps et armées du Roi et haute et puissante dame Élisabeth-Françoise-Sophie La Live de Bellegarde son épouse, oncle et tante, à cause de ladite dame ;

Demoiselles Adélaïde de La Live et Louise de La Live mineures, filles de mondit sieur Ange-Laurent de La Live et de madite dame son épouse et cousines dudit futur.

Et du côté de ladite demoiselle future épouse :

De haute et puissante dame Madeleine, comtesse de Diesbach, amie ;

De haut et puissant seigneur messire Rodolphe de Castella, lieutenant général des armées du Roi, chevalier grand-croix de l'ordre royal et militaire de Saint-Louis, colonel du régiment suisse de son nom, premier inspecteur général des régiments suisses et grisons, ami ;

Haut et puissant seigneur messire Louis-Auguste, comte d'Affry, colonel du régiment des gardes-suisses, ami ;

Haut et puissant seigneur messire Louis-Auguste, comte d'Affry, capitaine aux gardes-suisses, ami ;

Haut et puissant seigneur Frédéric, marquis de Maillardoz, capitaine aux gardes-suisses, ami ;

Et de sieur François Dey, ancien officier de la Connétablie, ami.

Lesdits futurs époux ne seront pas communs en biens, renonçant les parties contractantes à cet égard aux dispositions de toutes coutumes qui admettent la communauté entre conjoints et notamment à la coutume de Paris.

Au moyen de cette non-communauté chacun des futurs époux payera ses dettes sans que l'un puisse être tenu des dettes de l'autre, chacun jouira aussi de ses biens et revenus et ladite demoiselle future épouse demeure autorisée irrévocablement à l'effet de toucher seule et sur ses simples quittances tous ses revenus généralement quelconques, sans avoir besoin de la présence de son mari ni d'aucune autre autorisation. Les parties déclarent que l'intention desdits sieur et demoiselle futurs époux est de fixer leur demeure à Fribourg, en Suisse, pendant les sept premières années de leur mariage et ledit Mᵉ Binet oblige même ledit sieur futur époux de ne pouvoir former d'établissement ailleurs pendant la vie de mondit sieur d'Épinay, son père.

Le ménage sera tenu par ledit sieur futur époux. Ladite demoiselle future épouse y donnera ses soins et les rentes communes des futurs époux fourniront aux frais du ménage sans être tenus réciproquement de se donner en retour quittances.

Les meubles qui garniront et se trouveront garnir les lieux qui seront occupés par lesdits sieur et demoiselle futurs époux appartiendront audit sieur futur époux seul à l'exception de ceux détaillés en l'état ci-après annexé à la minute des présentes (il manque) et de ceux encore dont ladite demoiselle future épouse justifierait par quittances passées par devant notaires avoir fait l'acquisition depuis son mariage.

Pour distinguer les meubles qui appartiennent quant à présent à ladite demoiselle future épouse, il en a été fait un état, lesquels meubles proviennent tant de M. de Boccard, qui en a fait don à ladite demoiselle sa fille, que du présent à elle fait par madite dame d'Épinay. Pour mettre lesdits sieur et demoiselle futurs époux en état de tenir leur maison et leur faciliter l'établissement de leur ménage, ledit sieur de Boccard audit nom oblige mondit sieur de Boccard, en vertu des pouvoirs qu'il ui en a donnés, de loger lesdits sieur et demoiselle futurs époux pendant les sept premières années de leur mariage et de leur fournir tous les meubles et ustensiles, vaisselles et linges nécessaires sans pouvoir rien exiger d'eux pour lesdits logements et fournitures.

Plus ledit sieur de Boccard comparant oblige ledit sieur de Boccard, en faveur dudit mariage et pour l'amitié qu'il porte à la demoiselle sa fille, future épouse, de lui garder sa part intégrale dans sa succession telle que la loi du pays la lui déférera et de ne pouvoir faire aucune disposition contraire au préjudice de ladite demoiselle sa fille.

Déclare aussi ledit sieur de Boccard, esdits noms que ladite demoiselle de Boccard a des droits acquis dans la succession de la dame sa mère, desquels elle ne peut avoir, quant à présent, que la nue-propriété, attendu que, suivant la coutume du pays, l'usufruit de tous les biens dépendant de la succession de ladite dame sa mère appartient audit sieur son mari de Boccard, pour gain de survie.

Ledit maître Binet, audit nom, déclare que les biens et revenus dudit sieur La Live, futur époux ne consistent, quant à présent, que dans la somme de 20,000 livres de capital provenant de la liquidation de l'office de conseiller au Parlement de Pau, en Béarn, dont il a été ci-devant pourvu, lequel capital produit annuellement 900 livres, déduction faite des impositions royales, plus dans les revenus et bénéfices de 3/13 dans un quart de place de fermier général, pour lequel 3/13 il est intéressé dans le bail des fermes générales commencé pour six ans au premier octobre dernier et enfin dans ce qui pourra lui revenir des répartitions de bénéfices qu'il y a lieu d'espérer tant sur ledit bail desdites fermes générales communes dans lequel le sieur La Live était aussi intéressé que sur le bail actuellement courant.

En considération dudit futur mariage, mesdits sieur et dame d'Épinay s'obligent; chacun pour la portion ci-après convenue, de faire valoir jusqu'à l'ouverture de leurs successions futures les revenus dudit sieur leur fils à 5000 livres par année, sans aucune charge, en sorte que si les revenus dudit futur époux ne montent pas à ladite somme de 5,000 livres annuellement, mesdits sieur et dame d'Épinay les compléteront, et si les revenus manquaient entièrement audit futur époux par tels événements qu'on ne peut prévoir, ils seront tenus de lui fournir lesdits 5,000 livres en entier, dans lequel fournissement partiel ou intégral, dans les cas susprévus, mondit sieur d'Épinay s'oblige de contribuer pour les 7/10 et madite dame d'Épinay pour les trois autres dixièmes et ne sera ledit futur époux tenu d'aucun rapport des sommes qui seraient fournies par mesdits sieur et dame d'Épinay pour lui faire le revenu ci-dessus fixé.

Il est convenu que si ledit sieur futur époux venait à décéder avant lesdits sieur et dame ses père et mère laissant des enfants, nosdits sieur et dame d'Épinay seraient tenus, ainsi qu'ils s'y obligent, de faire valoir auxdits enfants comme dessus le même revenu qu'audit sieur leur père de 5,000 livres par an jusqu'à l'ouverture de leur succession, toujours prélèvement fait des revenus qui appartiennent actuellement audit sieur futur époux, encore qu'il les eût aliénés, l'intention de mesdits sieur et dame d'Épinay n'étant que de suppléer à ce qui se trouvera manquer pour compléter avec lesdits revenus ladite somme de 5,000 livres par an, et si ledit sieur futur époux prédécédait, lesdits sieur et dame ses père et mère, sans enfants, mesdits sieur et dame d'Épinay demeureront quittes et déchargés du fournissement dudit revenu du jour du décès dudit sieur leur fils. Et attendu que sur les dettes contractées par ledit sieur futur époux avant le 26 juin 1773, il reste encore à payer 32,000 livres, ce qui pourra excéder 5,000 livres dans ses revenus, s'il y a excédent, il sera employé au payement desdites dettes, et en cas d'insuffisance dudit excédent mesdits sieur et dame d'Épinay s'obligent de fournir ce qui manquerait pour les acquitter entièrement, même de payer à défaut du revenu dudit sieur leur fils au delà des 5,000 livres à lui ci-dessus assurées, la totalité desdites dettes en l'acquit et à la décharge dudit futur époux et dans la proportion ci-dessus établie entre mesdits sieur et dame d'Épinay, c'est-à-dire que mondit sieur d'Épinay y contribuera pour 7/10 et madite dame son épouse pour 3/10 et toutes les sommes que mesdits sieur et dame d'Épinay pourront payer en conséquence de la présente obligation seront imputées en avancement d'hoirie dudit sieur futur époux sur les successions desdits sieur et dame, ses père et mère.

Mondit sieur d'Épinay père affecte et hypothèque à la sûreté des engagements par lui ci-dessus contractés, une maison sise à Bercy, près Paris, et sa maison et terre de la petite Briche, près Saint-Denis, qui lui appartiennent, sans aucune charge de substitution et sont de valeur ensemble d'environ 70,000 livres.

Madite dame d'Épinay, de sa part, sous l'autorité dudit sieur son mari, pour assurer le payement de sa portion contributive dans le fournissement du revenu de 5,000 livres ci-devant garanti, à défaut de revenu personnel audit sieur futur époux, a par ces présentes assuré et donné en dot audit sieur son fils en avancement de sa succession future la somme de 30,000 livres, laquelle ne pourra être exigée du vivant de madite dame et demeurera substituée comme madite dame d'Épinay la substitue aux enfants à naître en légitime mariage, à leur défaut à Mme la vicomtesse de Belzunce, sa fille, et à son défaut à ses enfants nés et à naître, les intérêts desquelles 30,000 livres ne seront dus et exigibles contre madite dame d'Épinay qu'autant qu'elle serait tenue, en conséquence des obligations par elle ci-devant contractées, de contribuer à former le revenu de 5,000 livres ci-devant assuré audit sieur futur époux et jusqu'à concurrence seulement de la portion contributive de madite dame dans le fournissement dudit revenu dans lequel lesdits intérêts demeureront confondus.

Ledit maître Binet, audit nom et pour ledit sieur futur époux, a doué et doue ladite demoiselle future épouse du douaire préfix ci-après, savoir de 3,000 livres de rente viagère si lors de l'ouverture dudit douaire M. d'Épinay père est vivant, et de 4,000 livres de pareille rente si ledit futur époux avait survécu audit sieur son père. Laquelle rente de trois ou quatre mille livres sera exempte de toute retenue d'impositions royales, aura lieu dès l'ouverture dudit douaire, sans demande judiciaire de la part de ladite demoiselle future épouse et le fond duquel douaire, fixé au denier vingt, sera propre aux enfants qui naîtront du mariage.

Le survivant des futurs époux aura pour gain de survie à prendre sur les biens du prémourant la somme de 3,000 livres.

Si pendant le mariage ladite future épouse contracte quelques dettes conjointement et solidairement avec son mari, ledit sieur futur époux sera tenu de l'indemniser, et s'il est vendu ou aliéné aucun bien propre à ladite demoiselle constant le mariage, le remploi en sera fait tel que de droit.

Ledit maître Binet oblige ledit sieur futur époux de fournir annuellement à la dite demoiselle future épouse sur son revenu de 5,000 livres, la somme de 700 livres pour son personnel entretien seulement, et ce tant que ledit sieur futur époux ne sera pas en jouissance desdits biens qui lui sont substitués et du jour qu'il entrera en jouissance des biens qui lui sont substitués, il sera tenu de payer à ladite demoiselle future épouse pour son entretien 2,000 livres tant que ladite demoiselle demeurera en Suisse et 3,000 partout ailleurs où elle demeurerait avec ledit sieur son mari.

Attendu que ladite demoiselle future épouse aura particulièrement le soin de veiller à l'entretien des enfants qui naîtront du mariage, ledit sieur époux sera tenu de lui fournir annuellement pour chaque enfant à compter du jour de sa naissance 200 livres jusqu'à l'âge de 8 ans et 400 livres audessus dudit âge, tant que ladite demoiselle future épouse sera chargée dudit entretien.

Ledit maître Binet, audit nom, affecte et hypothèque à la sûreté de tous les engagements ci-dessus contractés tous les biens généralement quelconques présents et à venir dudit futur époux.

Il est encore convenu que, si par des circonstances qu'on ne peut prévoir, les futurs époux étaient obligés de vivre pendant quelque temps éloignés l'un de l'autre, ledit sieur futur époux sera tenu de fournir et payer à ladite demoiselle future épouse, pour tenir son ménage en l'absence de son mari, la somme de 1,500 livres par an, indépendamment des 700 livres à elle ci-dessus promises pour son entretien personnel ou des 2,000 livres ou 3,000 livres à quoi ledit entretien personnel a été fixé dans les cas prévus ou énoncés ci-dessus.

Mesdits sieur et dame d'Épinay, dans le cas où ledit

sieur leur fils, futur époux, viendrait à prédécéder sans enfants, laissant ladite épouse, sa veuve, se rendent audit cas garants du douaire à elle ci-dessus constitué par ledit sieur futur époux, se soumettant de le fournir par contribution entre eux, savoir mondit sieur d'Épinay pour 7/10 et madite dame d'Épinay pour 3/10 et ce jusqu'à l'ouverture de la substitution dont mon dit sieur d'Épinay père est grevé envers ledit sieur son fils et pendant la vie seulement de ladite demoiselle future épouse, etc.

Fait et passé à Paris, etc, l'an 1775, le 29 mai avant midi, et ont signé la minute des présentes, etc.

VI — 1783, 15 avril

UN SIEUR REYNAUD ANCIEN JUGE ROYAL MARI D'UNE FILLE DE MADEMOISELLE RAINTEAU DE FURCY ACCUSE M. D'ÉPINAY D'ÊTRE UN INTRIGANT ET DE DONNER DES CONSEILS DÉTESTABLES A SA FEMME

L'an 1781, le jeudi 26 avril, dix heures du matin,

(1) Archives nationales, Y, 77.

en l'hôtel et par-devant nous Marie-Joseph Chénon fils commissaire au Châtelet, est comparu sieur Pierre Joseph Reynaud, ancien juge royal, demeurant à Paris, rue des Saussaies, paroisse de la Madeleine de la Ville l'Évêque. Lequel nous a dit qu'au commencement de l'année 1779 on l'a mené chez la demoiselle Rainteau-Verrière-Lamarre, fille majeure, dame d'Orgemont, laquelle prenait soin et avait demeurante chez elle une autre demoiselle âgée alors d'environ dix-sept ans et demi, fille d'un sieur Louis de Salnat, officier au service du Roi et de dame Marie-Geneviève Rainteau, décédée en 1775. Les talents, l'esprit et la figure de la demoiselle de Salnat ayant fixé l'attention du comparant-il lui a été proposé de l'épouser en lui assurant qu'elle s'unirait à lui avec plaisir ; qu'ayant eu de la bouche même de cette demoiselle l'aveu de cette disposition et croyant réellement son bonheur attaché à la posséder, ils se sont mariés le 27 mai de ladite année 1779 ; qu'il a pris alors domicile et s'est même mis en pension chez ladite dame d'Orgemont pour céder aux prières très pressantes qu'elle lui en a fait faire.

Depuis longtemps cette maison est journellement fréquentée par un sieur La Live d'Épinay, ancien fermier général, interdit depuis plusieurs années, lequel a pris un tel ascendant sur ladite dame d'Orgemont, surtout depuis le mariage du comparant, qu'il s'est rendu le maître de toutes ses affaires et de toutes ses démarches.

Le comparant n'a pas tardé à s'apercevoir que l'administration dudit seigneur d'Épinay n'était pas accompagnée de bonne foi puisque, pour des biens dont la propriété résidait dans les mains de la dame d'Orgemont, ledit sieur d'Épinay faisait, de son côté et à son insu des actes devant notaires où il prenait la qualité de propriétaire desdits biens ce dont le comparant s'est cru obligé d'avertir ladite dame d'Orgemont; qu'au surplus et en général l'administration dudit sieur d'Épinay a paru au comparant si mal dirigée qu'elle devait opérer nécessairement la ruine de ladite dame; qu'en effet la dame d'Orgemont s'est trouvée obligée de solliciter au commencement de l'année 1780 un arrêt de surséance qui, après information prise, lui a été refusé. Le comparant, vivement touché de cette position, s'en est effrayé d'abord pour ladite dame d'Orgemont ensuite par rapport à la dot de son épouse dont les capitaux sont entre les mains de ladite dame d'Orgemont et hypothéqués sur ses biens avec des limitations néanmoins dont le comparant par trop de confiance n'a pas d'abord pénétré le motif, limitations qui sont uniquement l'ouvrage dudit sieur d'Épinay; qu'en conséquence ledit sieur comparant a cru devoir proposer à la dame d'Orgemont un plan tout différent pour satisfaire ses créanciers et en venir à l'arrangement de ses affaires, conserver à la dame Reynaud, ainsi qu'il pensait que ladite dame d'Orgemont le désirait, une dot que le principe qui l'avait fait donner rendait plus sacrée que toutes les autres ; que ladite dame d'Orgemont avait adopté ce plan non seulement parce qu'il lui paraissait juste, mais encore d'après l'assurance que des gens de loi lui avaient donnée qu'elle ferait bien de le suivre ; que ledit sieur d'Épinay, loin de s'y prêter, a pris en très mauvaise part qu'un autre que lui ait osé dire son sentiment sur ces articles quoique la libération de ladite dame d'Orgemont dût suivre de près ; qu'il s'en est encore plus formalisé à la découverte faite par le comparant des actes clandestins qu'il avait faits comme propriétaire d'objets qui n'appartenaient qu'à ladite dame d'Orgemont ; que dès le moment et pour pouvoir rester maître des affaires de cette dame, il a écarté les conseils du comparant le dénigrant dans son esprit afin de l'empêcher d'avoir sa confiance.

D'avoir par le comparant éclairé la conduite dudit sieur d'Épinay sur les affaires de ladite dame d'Orgemont n'a été que le second motif de la haine qui l'a porté jusqu'à présent à le vexer ; que le premier est le refus qui lui fut fait par le comparant d'accéder aux propositions dangereuses et malhonnêtes que ledit sieur d'Épinay lui fit de cautionner un bail de 9 années que ledit sieur d'Épinay vouloit faire d'un de ces immeubles appelés à Paris *Petites maisons* et que, comme interdit, il ne pouvait passer seul. Aussi, dans des affaires d'intérêt et comme tuteur né de sa femme, le comparant ayant été obligé de traiter avec ladite dame d'Orgemont, ledit sieur d'Épinay a toujours employé les raisonnements captieux, les importunités, les prières, les menaces même pour empêcher qu'il fût fait droit aux représentations du comparant nonobstant le conseil contraire donné par d'honnêtes gens à ladite dame d'Orgemont.

Dans toutes les autres circonstances, même dans les choses de société, le sieur d'Épinay a toujours pris à tâche de prévenir ladite dame d'Orgemont contre le comparant, tournant continuellement en ridicule la vie simple, uniforme et tranquille qu'il désirait mener et faire adopter à sa femme pour son propre bonheur, excitant ladite dame d'Orgemont à tourmenter le comparant pour le porter à des dépenses de luxe au-dessus de son état et de sa fortune, le tourmentant lui-même et le faisant, à ce sujet, vivement importuner par la dame son épouse à laquelle ledit sieur d'Épinay inspirait les sentimens de hauteur les plus déplacés. Les représentations les plus amicales du comparant à son épouse et qu'elle eût certainement écoutées si elle eût été seule avec lui, ont toujours été présentées à cette jeune femme comme autant d'actes de bizarrerie. Cette maison est donc devenue des plus orageuses pour le comparant qui l'a même considérée comme dangereuse pour son épouse, à cause non seulement des mauvais conseils dudit sieur d'Épinay mais encore par rapport au faste dans lequel il porte ladite dame d'Orgemont à vivre et dont ils ont voulu faire prendre le ton à la dame son épouse ; qu'en conséquence le comparant a cru devoir se retirer honnètement après un an de souffrances soutenues avec toute la patience possible.

Ledit sieur d'Épinay s'est encore prévalu de cette sortie, quelque honnête qu'elle eût été, pour indisposer contre lui ladite dame d'Orgemont et même se l'associer, s'il était possible, dans tout ce qu'il projetait de faire encore pour accabler le comparant, sa haine pour lui n'étant pas assez satisfaite de ce qui avait précédé. Qu'ayant entendu dire plusieurs fois au comparant qu'il se retirerait en province pour y avoir une charge de magistrature et pour procurer à sa femme un état et plus d'aisance dans sa propre maison, il a obsédé la dame son épouse pour qu'elle refusât de suivre le comparant, excitant ladite dame d'Orgemont à se joindre à lui pour donner à cette jeune femme sur cette retraite en province les idées les plus fausses, détruire tout ce que son mari lui représentait pour la faire revenir des impressions que l'on voyait bien qu'on lui avait données.

Le comparant, persistant toujours dans le projet de quitter Paris, projet que tous les honnêtes gens, tous ses amis ont approuvé, par rapport à la médiocrité de sa fortune et de celle de sa femme et à cause de toutes ces intrigues dudit sieur d'Épinay, ce dernier, vers les derniers jours du mois précédent, croyant que le moment d'exécuter ce sage projet était arrivé, a mis la dernière main à son ouvrage en travaillant avec tout l'artifice possible auprès de la dame Reynaud pour troubler son esprit, effrayer son imagination et égarer son cœur ; qu'au moment où il a cru y être parvenu il lui a proposé, comme seul moyen d'arrêter son mari, de former contre lui une demande en séparation d'habitation ; que sur la réflexion qu'il a faite ensuite que, cette jeune personne n'ayant aucun reproche fondé à proposer, le juge refuserait sans doute de l'autoriser à la poursuite de ses droits et que, loin de lui assigner un couvent, il lui enjoindrait de retourner dans la maison de son mari, il a imaginé de surprendre d'elle des lettres où elle exposerait qu'elle était très malheureuse dans son intérieur, qu'elle désirait le couvent et que si son mari ne consentait pas à sa retraite elle userait de moyens violens ; que sur ces libelles le sieur d'Épinay a composé des libelles diffamatoires contre le comparant, lesquels il a fait parvenir jusqu'au ministère auprès duquel l'on a fait solliciter vivement, comme de la part de la dame Reynaud, une lettre de cachet pour la mettre dans un couvent et l'enlever ainsi d'autorité à un mari qu'on supposait dans ces libelles, assez barbares pour, en la tenant en chartre privée, lui ôter jusqu'à la liberté d'implorer la protection de la justice.

Le comparant, heureusement averti de cette machination, en a prévenu par écrit une personne respectable ; que sa lettre contenait entre autre choses que sa femme, n'ayant donné aucun pouvoir de se plaindre, elle allait la signer à titre de désaveu, ce qu'elle a réellement fait le lendemain, qui était le 28 mars dernier, elle a été ratifier de vive voix ce désaveu chez cette personne respectable en sa présence et en celle de son mari. Cette même personne, ayant même parlé en particulier à la dame Reynaud, a bien voulu apprendre ensuite au comparant qu'elle lui avait fait de lui les plus grands éloges ; qu'au sortir de cette maison la dame Reynaud a comblé son mari de caresses, le priant d'oublier qu'elle eût donné lieu, par son inexpérience et les erreurs où l'on avoit entretenu son esprit, à ce qui venait de se passer de désagréable. Le soir de ce même jour elle a demandé au comparant d'aller chez la dame d'Orgemont non seulement pour la prier de se tenir en garde contre les projets dudit sieur d'Épinay qui cherchait à la faire servir à ses mauvais desseins, mais encore pour imposer à toujours silence à ce particulier qu'elle savait être alors chez ladite dame. Le comparant, qui connait depuis longtems le caractère dudit sieur d'Épinay et la condescendance aveugle de la dame d'Orgemont à tout ce qui lui propose, a d'abord répugné à laisser faire à sa femme cette démarche. Cependant, pour ne pas la contrarier, il a eu la faiblesse d'y donner son aquiescement. A dix heures du soir ne la voyant pas revenir il a envoyé son domestique pour lui dire qu'il l'attendait. Nonobstant cela elle n'est rentrée qu'à onze heures et ayant tellement changé de ton, de propos et de dispositions qu'aux sentimens édifians qu'elle avoit montrés avant d'y aller ont succédé les menaces de quitter le comparant son mari, ce qui a fait connaitre au comparant que le tems qu'elle venait de passer avec ledit sieur d'Épinay n'avait été par lui employé qu'à recommencer ses tentatives pour aliéner de plus en plus son esprit.

En effet ledit sieur d'Épinay, voyant qu'il ne pouvait réussir à rompre le mariage dudit sieur comparant par une lettre de cachet, a imaginé de revenir à son premier plan, c'est-à-dire à la demande en séparation d'habitation ; qu'à cet effet il a rédigé une plainte et au bas de la copie qu'il en a fait faire il a, en profitant d'un de ces moments de trouble qu'une suggestion adroite a fait naître, extorqué la signature de la dame Reynaud ; que ce projet de plainte a de suite été porté chez un commissaire pour y être transcrit sur papier timbré avec convention d'avertir secrètement la dame Reynaud pour aller chez ce commissaire donner ses signatures aussitôt que cela se pourrait.

Pour soutenir pendant ce tems-là le courage de la dame Reynaud et écarter les réflexions qu'elle pouvait faire, ledit sieur d'Épinay a, par des coopérations des valets gagnés et autres fauteurs et adhérens, entretenu avec elle une correspondance particulière et secrète. Voulant s'étayer de l'avis et de l'approbation de la dame d'Orgemont, il était, par des calomnies et des propos captieux, parvenu à faire croire à ladite dame d'Orgemont que réellement la dame Reynaud était dans le cas d'une séparation et qu'il fallait qu'elle l'invitât elle-même à aller chez le commissaire pour signer ladite plainte, démarche que sans doute ladite dame d'Orgemont n'aurait pas conseillée si ledit sieur d'Épinay ne l'avait pas artificieusement abusée elle-même sur cet article.

Le comparant est parfaitement convaincu que la dame son épouse aime la vertu et est toujours restée attachée à ses devoirs d'autant plus que ce sont là les sentimens qu'elle n'a cessé de lui exprimer dans une foule de lettres qu'elle lui a écrites.

Il est donc bien éloigné de penser qu'elle ait jamais oublié un seul moment les principes d'honnêteté dont il l'a vue pénétrée ; il ne la regarde que comme une malheureuse victime que le sieur d'Épinay et ses adhérens vouloient immoler à leur fureur.

Ce qui démontre encore que les erreurs funestes dans lesquelles on a cherché à faire tomber la dame Reynaud ne sont que l'ouvrage d'un machinateur adroit et consommé dans son art c'est que, depuis quelques jours qu'elle n'a vu le sieur d'Épinay, ses esprits ont repris le calme qu'il leur avoit fait perdre et elle vient de se montrer à son mari telle qu'elle l'a toujours fait lorsqu'elle n'a pu consulter que ses véritables sentimens pour lui et elle est tellement affligée d'avoir pu aussi longtems être livrée à une obsession aussi odieuse qu'elle lui a d'elle-même appris la plupart des faits sus mentionnés et fait serment de ne plus s'abandonner à de mauvais conseils.

Mais comme la haine du sieur d'Épinay contre le comparant n'a pas été satisfaite, que son penchant, sa passion même, à faire le mal et le désir particulier qu'il a de voir cette jeune femme séparée de son mari et libre de se laisser diriger par lui le porte encore lui et ses adhérens à de nouvelles machinations, le comparant nous rend la présente plainte (1).

Signé : REYNAUD; CHÉNON FILS.

VII — 1783, 15 avril

EXTRAIT DU PROCÈS-VERBAL DES SCELLÉS APPOSÉS APRÈS LE DÉCÈS DE MADAME D'ÉPINAY EN SON HOTEL DE LA RUE DE LA CHAUSSÉE-D'ANTIN.

L'an mil sept cent quatre-vingt-trois, le mardi 15 avril, onze heures du soir, nous Jean-Baptiste Ninnin etc., ayant été requis, nous sommes transporté rue de la Chaussée-d'Antin, en une maison dont est propriétaire et où demeure Mme d'Épinay, ci-après nom-

_____

1) Archives nationales, Y, 11,506.

mée, où étant dans une pièce au rez-de-chaussée, ayant vue sur un jardin et servant de chambre à coucher, nous y avons trouvé maître Jean-Baptiste-Sébastien Girardin, huissier-priseur au Châtelet de Paris, demeurant à Paris, rue des Boucheries, faubourg Saint-Germain, paroisse Saint-Sulpice.

Lequel, au nom et comme ayant charge et pouvoir de M. Dominique de Belsunce, vicomte de Méarin, colonel d'infanterie, chevalier de l'ordre royal de Saint-Louis, et de dame Catherine-Angélique-Louise de La Live d'Épinay, son épouse, avec laquelle il est commun en biens, nous a dit que dame Louise-Florence-Pétronille Tardieu d'Esclavelles, veuve de Denis-Joseph de La Live d'Épinay, chevalier, seigneur d'Épinay, Deuil, la Chevrette et autres lieux, vient de décéder, dans les lieux où nous sommes, il y a environ une heure ; que ladite dame de Belsunce est fille de ladite dame d'Épinay et son héritière présomptive pour moitié ; qu'il requiert que nous apposions nos scellés sur les biens et effets, titres et papiers dépendant de la succession dela dite dame d'Épinay, que nous fassions description sommaire de ceux desdits effets qui ne pourront être compris sous nos scellés et que nous laissions le tout en bonne et sûre garde, etc.

Sur quoi, nous avons donné acte audit maître Girardin de ses comparution, dires et réquisitoires et après qu'il nous est apparu d'un cadavre féminin qu'on nous a dit être celui de ladite d'Épinay et que nous avons pris et reçu le serment de Jeanne Lambert, de Magdeleine Guillemin, Marie-Charlotte Plantard, de Gabriel Lebeau, Gaspard Martin, d'Adrien Mahieu dit Valois, d'Éléonore Piller femme de Jean Vestiau, elle cuisinière, de n'avoir rien pris ni détourné, de ne savoir qu'il ait été rien pris ni détourné par personne, directement ni indirectement, nous disons qu'il va être procédé par nous aux appositions de scellés, etc.

Premièrement, nous avons apposé nos scellés et cachets sur une petite chiffonnière de bois de rose à trois tiroirs... sur une petite commode de bois de rose à trois tiroirs, à dessus de marbre... sur une petite armoire pratiquée dans la boiserie.... et sur un petit bas d'armoire en bois de rose à dessus de marbre.

Description du mobilier laissé en évidence : Un feu en deux parties, de cuivre doré d'or moulu, deux pelles, pincettes et tenailles avec ornements de cuivre en couleur, une paire de bras de cheminée, à deux branches, de cuivre doré d'or moulu, un vase de porcelaine, deux groupes de figures d'ivoire sur leurs pieds de bois noir et sous leurs bocaux de verre, deux petits tableaux portraits, une petite table à écrire, une autre petite table ronde brisée, garnie de ses ustensiles, une petite table de quadrille couverte de drap vert, un petit lit de repos et son coussin, trois couvre-pieds, un paravent, six petits fauteuils de forme carrée couverts de damas, un autre paravent couvert de papier, quatre chaises couvertes de tapisserie, un fauteuil de toilette couvert en maroquin rouge, une bergère et son coussin, couverte de satin couleur cerise, un lit avec ses rideaux brodés en point en cordonnet, quatre tableaux portraits de famille, deux tableaux peints sur toile.

Nous avons apposé ensuite nos scellés sur un secrétaire en cylindre, de bois de rose...

Ensuite sommes passé dans une autre pièce dans laquelle il ne s'est trouvé appartenir à la succession que les meubles ci-après : Un feu en deux parties, de cuivre en couleur, une pelle, pincettes et tenailles, un soufflet, un écran, une paire de bras de cheminée à deux branches de cuivre en couleur, un paravent couvert de papier, un violon...

Sommes ensuite monté au 2ᵉ étage dans une chambre numérotée 8, dans laquelle nous avons fait description des effets mobiliers, savoir : une armoire de bois de chêne, une table ronde d'acajou, un lit de repos, un sommier de crin, deux matelas, un lit de plumes, un traversin aussi de plumes, un couvre-pieds, deux rideaux d'alcôve de toile d'Orange, quatre vieux rideaux de damas de croisée, une chiffonnière à six tiroirs en bois de noyer, deux chenets, une pelle et une pincette de fer, deux fauteuils et deux chaises de paille, un tabouret, une chaise longue, une table courante.

Nous sommes ensuite redescendu au rez-de-chaussée dans la pièce précédant la garde-robe et y avons décrit : une fontaine de grès sur son pied de bois de chêne, un seau de fayence, une mauvaise table à jouer, une bassinoire en cuivre rouge, un panier à chauffer le linge.

Dans la garde-robe à côté : un bassin d'étain, un petit bidet avec sa cuvette de fer-blanc, trois pots de chambre, deux pots à l'eau et un pot-pourri de fayence, deux seringues dans leurs boîtes, une table de nuit et deux tables de marbre.

Nous sommes ensuite entré dans une petite pièce tenant à la chambre à coucher.... Suit la description du mobilier : une chaise de canne, deux bassins d'étain, deux pots pourris de fayence, une petite armoire de bois blanc, un petit réchaud à esprit-de-vin, deux couvertures de laine blanche...

Nous sommes ensuite monté à l'entresol dans une pièce appelée la chambre du Réservoir... Suit la description du mobilier : une vieille malle vide, un bidet, une casserole et une bouilloire de fer-blanc.

Dans une pièce à côté dite la chambre à coucher de l'entresol.... Suit la description des meubles et effets : une grille de feu en deux parties, une pelle, pincettes et tenailles, un petit chandelier de cuivre argenté, une petite table de toilette, une table couverte de drap vert, deux grands tiroirs, deux rideaux de croisée, deux grands fauteuils de paille couverts en toile d'Orange, deux bergères, trois chaises de paille, un lit, dans une alcôve, composé d'une couchette, d'une paillasse, deux matelas et un lit de plumes, une couverture de coton, un couvre-pieds, une courte-pointe, les rideaux de tenture de ladite pièce en toile d'Orange.

Dans une petite pièce à côté : une petite commode de bois de noyer, un petit miroir de toilette, un lit composé d'une couchette, d'une paillasse, deux matelas, une couverture de coton et un couvre-pieds de siamoise, deux rideaux de croisée, une paire de draps à chaque lit.

Dans une autre pièce à côté occupée par Mlle Guillemin : un couvre-pieds de foulard, une chaise de paille et deux métiers à broder.

Nous sommes ensuite monté au deuxième étage dans la chambre occupée par M. de Villière, chargé des affaires de feu Mme d'Épinay, dans laquelle nous avons fait sommaire description du mobilier : une commode de bois de placage à deux grands et deux petits tiroirs et à dessus de marbre, un secrétaire de pareil bois, une bergère garnie de son carreau, une tapisserie à l'aiguille, quatre fauteuils à la reine couverts de tapisserie, une petite armoire de placage, une petite couchette à deux dossiers, deux matelas, deux vieilles couvertures de coton, un traversin, un couvre-pieds, champ-tourné (1), baldaquin de différentes indiennes, une paire de draps audit lit, quatre vieux rideaux de damas jaune aux croisées, une petite encoignure de bois peinte en rouge, deux petits écrans, une grille de feu, pelle, pincettes et tenailles de fer,

---

(1) On appelait champ-tourné ou chantourné, une pièce du lit qui se mettait entre le dossier et le chevet.

un fauteuil et deux chaises de paille, deux petits chandeliers de bureau et deux petits bougeoirs de cuivre argenté, un miroir de toilette, une douzaine tant de tableaux que de gravures et estampes...

Nous sommes ensuite entré dans une pièce au même étage, numérotée 5, occupée par la demoiselle Plantard.... Suit la description des meubles : une paire de chenets, pelle, pincettes de fer, deux chandeliers de cuivre, un écran de tapisserie, un miroir de toilette, deux tableaux peints sur toile, une petite table à écrire, un fauteuil et trois chaises de paille, une grande bergère, deux rideaux de croisée de toile à carreaux, une table de bois de noyer ployante sur ses quatre pieds, un lit composé d'une paillasse, deux matelas, un traversin, un oreiller et un lit de plumes, une couverture de laine, une paire de draps, un baldaquin d'indienne, ladite pièce tendue en partie d'indienne, une portière de serge verte.

Dans une pièce au même étage, numérotée 4, occupée par la cuisinière : une petite table à écrire, deux rideaux de croisée et la tenture de ladite pièce en indienne, une chaise de paille, un fauteuil de tapisserie, un lit en baldaquin composé d'une couchette, une paillasse, deux matelas, un traversin, un oreiller, une courte-pointe piquée, une paire de draps audit lit, le baldaquin en toile verte.

Dans le corridor : une baignoire garnie en maroquin rouge...

Dans une pièce au troisième étage, servant de garde-meuble : cinq matelas, un poêle de faïence, une grande armoire et deux malles.

Dans le corridor : une bassinoire de cuivre rouge.

Dans l'infirmerie : un lit de sangle, un matelas, une couverture, deux paires de draps, un vieux fauteuil de tapisserie et un baldaquin de serge verte.

Dans la chambre n° 13, occupée par Valois : un lit composée d'une couchette, une paillasse, deux matelas, un traversin, une couverture de laine et une paire de draps.

Dans la chambre du garçon de cuisine : un lit de sangle, un matelas, une couverture de laine, un traversin, une paire de draps, un vieux fauteil de canne et deux chaises...

Nous sommes ensuite transporté dans le corps de logis de devant, dans une chambre sous le comble, occupée par le nommé Gaspard ; il s'est trouvé : un lit de sangle, deux matelas, une couverture de laine, un traversin, une paire de draps, deux chaises de paille, une mauvaise table.

Nous sommes ensuite descendu au rez-de-chaussée, dans la pièce servant d'antichambre : une fontaine et sa cuvette de faïence, un buffet à dessus en marbre, une vieille table couverte de drap vert, six chaises de paille, un lit en banquette composé de deux matelas, un traversin, une paire de draps, une couverture de laine blanche et une en soie.

Dans une pièce ensuite servant de salle à manger...
suit la description du mobilier : une table de toilette,
une autre table couverte de serge verte, deux servantes,
trois plateaux, une petite bibliothèque en bois d'acajou, une petite douzaine de pièces de verreries, un
petit dévidoir, une bergère et son coussin, six chaises
couvertes de velours d'Utrecht, deux fauteuils de tapisserie, deux matelas, un oreiller couvert en perse, une
couverture de laine blanche, deux douzaines d'assiettes
en faïence.

Dans une armoire à gauche de la cheminée : un
porte-huilier d'argent, deux petites cuillères à café et
une cuillère à soupe d'argent, vingt-trois assiettes de
porcelaine et deux petites jattes, trois seaux à rafraîchir,
deux théières de porcelaine, deux soucoupes de faïence,
un petit moutardier et six coquetiers de porcelaine,
quatre tasses et leurs soucoupes de porcelaine, deux
bras de cheminée à double branche de cuivre doré.

Nous sommes ensuite descendu dans la cuisine, au
dessous du rez-de-chaussée : trois poissonnières, trois
marmites de fer battu, une poêle de cuivre rouge, une
boule d'étain, une fontaine de grès, quatre petites casseroles, une bassine et leurs couvercles de fer battu,
un tournebroche, trois broches, un saloir, une paire
de chenets, un contre-hâtier, un grand coquemar, six
feuilles d'office, quatre poêles d'office, trois tourtières,
le tout de cuivre rouge, six boules d'étain, deux poêles
à frire, une poêle à marrons, un poêlon de cuivre

jaune, un mortier de marbre, trois cuillères à pot et quatre écumoires, cinq chaises de paille, un chaudron de cuivre jaune, un billot.

Suit l'argenterie conservée pour l'usage de la maison trois petites casseroles, une soupière à couvercle et son plat, une écuelle à couvercle et son assiette, quatre petits plats ovales, une petite écuelle à oreilles brisées et son couvercle, deux petites assiettes, deux jattes, huit assiettes, deux couvercles de casseroles, vingt-trois cuillères, vingt-quatre fourchettes à bouche, une autre fourchette aussi à bouche, dix cuillères à ragoût, deux cuillères à soupe, six attelets, le tout d'argent.

Dans une armoire à côté de la cheminée : six boules de terre de pipe, dix tabliers de cuisine, vingt-neuf torchons et une petite nappe.

Dans une pièce servant d'office : une grande armoire de bois de chêne à deux battants, un petit moulin à moudre le café, une fontaine de grès, une autre fontaine à éponge, un petit moulin à café, une douzaine de pièces de verreries et faïences, trois bancs et quatre chaises de bois de chêne de jardin, une grande table, une caisse de bois, une échelle double, deux tables à manger sur leurs pieds.

Dans une première cave : cent bouteilles de vin d'ordinaire, soixante-dix bouteilles de vin de Bordeaux, quarante de vin de Méharin rouge, cent autres bouteilles de vin de Bordeaux, deux cents bouteilles de vin blanc de Méharin, cent cinquante bouteilles de vins de liqueur de différentes espèces, soixante bouteilles de vins de Champagne, Sauterne et Graves, cent bouteilles de gros verre vides et cent demi-bouteilles aussi de verre vides, une grande échelle.

Il s'est trouvé dans différents endroits de la maison : six chandeliers de cuivre, deux grands flambeaux de cuivre argenté, deux petits flambeaux de cuivre de cabinet à colonnes.

Ce fait, ne s'étant plus rien trouvé à sceller, décrire, comprendre et déclarer en notre procès-verbal, nos scellés ont été par nous laissés à la garde dudit Lebeau, l'un des domestiques, qui s'en est chargé comme dépositaire...

Et le jeudi 17 avril 1783, neuf heures du matin, par-devant nous commissaire susdit, est comparu François-Joseph Colin, procureur au Châtelet et de messire Louis-Joseph de La Live, chevalier, seigneur d'Épinay, et de M⁰ Antoine Joly, huissier, commissaire-priseur au Châtelet de Paris, au nom et comme conseil dudit sieur La Live d'Épinay, lequel nous a dit que ledit sieur d'Épinay, en sa qualité de fils et d'habile à se dire et porter héritier de la feue dame veuve d'Épinay, sa mère, il a intérêt de connaître les dispositions du codicille que ladite feue dame sa mère a annoncé devoir faire par son testament reçu par Boullard, notaire, le 11 septembre dernier, et comme il est à présumer que ledit codicille, s'il y en a un, doit se trouver sous nos scellés, il requiert notre transport à l'effet de lever nosdits

scellés et de faire perquisition dudit codicillle... En conséquence nous sommes transporté en la maison de la
dame d'Épinay... et nous sommes ensuite monté dans
la bibliothèque dans laquelle on nous a dit être une
écritoire de chagrin noir pouvant contenir ledit codicille... et ayant trouvé ladite écritoire, nous l'avons
ouverte et nous y avons trouvé un paquet cacheté en
cire noire des armes de Mme d'Épinay, ledit paquet
contenant la suscription suivante : *A Messieurs le baron
de Grimm et Baron, ancien notaire,* et au-dessous :
Ceci est mon codicille, duquel paquet nous nous sommes
chargé pour par nous être remis à l'un ou à l'autre desdits sieurs baron de Grimm ou Me Baron...

Et ensuite nous nous sommes transporté chez ledit
sieur baron de Grimm, demeurant dans la même maison
que ladite dame d'Épinay, au premier étage du corps
de logis entre cour et jardin, où étant dans une pièce
ayant vue sur la cour, nous y avons trouvé mondit
sieur le baron de Grimm, ainsi qu'il nous a dit être,
auquel nous avons remis, ainsi qu'il le reconnaît, ledit
paquet ci-devant désigné étant à son adresse et à celle
dudit Me Baron, ancien notaire, duquel paquet M. le
baron de Grimm nous a dit qu'il se chargeait pour
en faire l'ouverture et donner connaissance aux parties des dispositions y contenues et ensuite en faire le
dépôt de concert avec M. Baron, ancien notaire, à tel
officier dont ils conviendront, au moyen de quoi nous
en sommes et demeurons de chargé.

(Signé) le BARON DE GRIMM, MINISTRE PLÉNIPOTENTIAIRE DE SAXE-GOTHA PRÈS LE ROI ; NINNIN.

Et le samedi 19 avril 1783, a été signifiée une opposition à la reconnaissance et levée des scellés apposés après le décès de Mᵐᵒ d'Épinay, à la requête de M. Curmer-Neilson, négociant, bourgeois de Paris, y demeurant cloître Sainte-Opportune, pour être payé 1º de la somme de 750 livres, pour un terme de loyer échu le 1ᵉʳ avril dernier d'une maison sise à Chaillot, rue des Batailles, par lui louée à ladite défunte à raison de 3,000 livres par année ; 2º de celle de 400 livres que ladite dame d'Épinay a promis de payer audit sieur Curmer à cause de la construction d'un puits que ladite dame a désiré qu'il fît faire dans ladite maison...

Le vendredi 9 mai 1783, autre opposition à la levée des scellés à la requête de dame Marie-Jeanne Salvan, veuve de Pierre Trévêt, maître en pharmacie à Paris, elle demeurant rue d'Argenteuil...

Le samedi 10 mai 1783, autre opposition à la levée des scellés à la requête de Nicolas d'Allegrain, compagnon parcheminier à Chartres...

Et le jeudi 5 juin 1783, quatrième opposition à la levée des scellés à la requête de dame Anne-Rose Cabibel, veuve du sieur Jean Calas (1), négociant à Toulouse, demeurant à Paris rue Poissonnière, pour avoir paye-

(1) C'est le fameux et infortuné Calas, roué à Toulouse, le 29 mars 1762, par arrêt du parlement de cette ville, comme convaincu d'assassinat sur la personne de son fils aîné. Grâce aux efforts de Voltaire,

ment de la somme de 10,000 livres restant à payer de celle de 25,000 livres pour le contenu en l'obligation passée à son profit par ladite dame veuve de La Live d'Épinay devant Me Baron et son confrère, notaires à Paris, le 25 mai 1778, payable le 1er avril 1784 (1)...

Le jeudi 12 juin 1783... ledit sieur Lecourt de Villière a dit que pour parvenir à la libération et à la liquidation de la succession, il croit devoir requérir qu'il soit incessamment procédé à la vente des meubles et effets mobiliers qui garnissent tant la maison où nous sommes que celle de Chaillot... le tout pour payer et acquitter dès à présent divers frais privilégiés... et requiert que pour être statué sur son réquisitoire, il en soit référé à M. le lieutenant civil...

Et le vendredi 13 juin 1783 nous nous sommes transporté en l'hôtel de M. Dupont, lieutenant particulier au Châtelet pour le présent référé.

M. le lieutenant particulier, après avoir entendu nous

---

la mémoire de cet innocent fut réhabilitée solennellement le 9 mars 1765 par sentence des Requêtes de l'Hôtel.

(1) Lors de la réhabilitation de Calas, Louis XV fit remettre à sa veuve 18,000 livres. Peu après Grimm et Diderot firent reproduire par le graveur Delafosse un dessin de Carmontelle représentant la famille Calas et en mirent les épreuves en souscription au profit de madame Calas. Le prix était de 6 livres et le total de la souscription s'éleva à plus de 6,000 livres. Cet argent, joint aux 18,000 livres données par le Roi et à quelques autres libéralités, forma un total de 25,000 livres, dont Mme d'Épinay se chargea pour les faire fructifier au profit de Mme Calas. C'était cet argent, dont une partie lui avait déjà été remboursée, que la veuve du supplicié réclamait à la succession.

commissaire et les procureurs des parties, a ordonné
qu'il sera incessamment procédé à la vente des meubles
et effets dépendant de ladite succession et étant tant
dans l'appartement qu'occupait la défunte dans sa maison de la rue de la Chaussée-d'Antin que dans la maison
de Chaillot dont elle était locataire; que néanmoins il
il sera sursis, quant à présent, à la vente de ceux des
meubles, effets et bijoux qui ont été légués, lesquels
seront remis à chacun des légataires en s'en chargeant
par eux comme dépositaires et à la charge de les représenter quand et à qui il appartiendra.

Comme aussi M. le lieutenant particulier a ordonné
que sur les deniers qui proviendront de la vente des
meubles et effets non légués, ensemble sur les deniers
comptants et sur ceux qui proviendront des recou-
vrements, il soit à l'instant payé par privilège les objets
ci-après, savoir : les frais d'opposition, reconnaissance
et levée de scellés, ceux de garde d'iceux au nommé
Lebeau à raison de 5o sols par jour, les frais d'inventaire, les vacations et honoraires des officiers qui y ont
assisté, les frais funéraires, gages de domestiques, ce qui
est dû aux médecins, chirurgiens et apothicaire qui ont
traité ladite défunte pendant sa dernière maladie, ce
qui est dû à la blanchisseuse, au boulanger et autres
marchands, au sieur de Villière 2,093 livres, 10 sols,
6 deniers pour payements par lui faits en l'acquit de la
défunte et pour ses appointements, les vingtièmes, les
loyers de la maison de Chaillot...

M. le lieutenant particulier autorise pareillement ledit Mᵉ Baron à louer l'appartement qu'occupait ladite défunte dans la maison où nous sommes et sous-louer la maison de Chaillot...

Et le mercredi 18 juin 1783, nous nous sommes transporté rue de la Chaussée-d'Antin dans la maison de Mᵐᵉ d'Épinay... et étant entré dans la pièce servant de bibliothèque... toute l'argenterie comprise en l'inventaire a été, du consentement des autres parties, remise audit sieur baron de Grimm, l'un des exécuteurs testamentaires et tous les meubles meublants, bijoux et effets mobiliers ont été laissés en la garde et possession dudit Lebeau qui s'en est chargé comme dépositaire des biens de justice...

Et au moyen de ce qu'il ne reste plus de scellés à lever dans les lieux qui étaient habités par ladite feue dame d'Épinay, ledit Lebeau est et demeure déchargé d'iceux et nous des clefs qui étaient restées en nos mains (1).

(1) Archives nationales, Y, 15,080.

TABLE

TABLE

IMPRIMÉ

PAR

CL. MOTTEROZ

A

PARIS

www.ingramcontent.com/pod-product-compliance
Lightning Source LLC
Chambersburg PA
CBHW051135260626

47170CB00005B/1827